KB147888

CHARLOTTE

※ 이 도서의 국립중앙도서관 출판시도서목록(CIP)은
　서지정보유통지원시스템 홈페이지(http://seoji.nl.go.kr)와
　국가자료공동목록(http://www.nl.go.kr/kolisnet)에서 이용하실 수 있습니다.
　(CIP제어번호: CIP2016002711)

CHARLOTTE by David Foenkinos

Copyright © Editions Gallimard 2014
Korean Translation Copyright © by Vega Books, Co. 2016

This Korean language edition is published by arrangement with Editions
Gallimard through Sybille Books Literary Agency, Seoul, Republic of Korea.

이 책의 한국어판 저작권은 시빌에이전시를 통하여 프랑스 Gallimard사와 독점 계
약한 베가북스에 있습니다. 저작권법에 의해 한국 내에서 보호를 받는 저작물이므
로 무단 전제와 무단 복제를 엄격하게 금합니다.

샬 로 테

다비드 포앙키노스

권기대 옮김

VegaBooks

"Cet ouvrage a bénéficié du soutien
des Programmes d'aide à la publication
de l'Institut français."

"이 책은 프랑스문화진흥국의
출판 번역 지원 프로그램의 도움으로
출간되었습니다."

살아가면서
삶의 낭떠러지까지 와보지 못한 사람은
그의 숙명이 가져다주는 절망을
조금 밀쳐버릴 수 있는 손이
필요하다.

카프카
일기, 1921년 10월 19일

이 소설은 샬로테 잘로몬(Charlotte Salomon)의 일생으로부터 영감을 얻어 태어났다.

스물여섯의 나이에 아기를 밴 채 암살당한 독일의 여류화가.

내 창작의 주된 샘물은 바로 〈*삶인가? 아니면 연극인가?*

(*Leben? oder Theater?*)〉라는 그녀의 자서전적 작품이었다.

제 1 부

01

샬로테는 어떤 묘비에서 자기 이름을 처음 읽게 되었다.

그러니까 나보다 먼저 다른 샬로테가 있었구나.
그래, 먼저 이모가 있었다, 엄마의 동생.
자매는 더할 나위 없는 단짝이다, 1913년 11월의 어느 저녁까지는.
프란치스카와 샬로테는 함께 노래하고, 함께 춤추고, 함께 웃는다.
하지만 거기엔 조금도 지나침이 없다.
그들은 행복을 뽐낼 때도 조심스럽고 신중하니까.
그건 아마도 아빠의 성격과 연관이 있을 터.
엄격한 지성인, 예술과 고대문화를 사랑하는 아마추어.
그의 눈에 로마의 흙먼지보다 더 흥미로운 것은 없다.
엄마는 훨씬 더 부드럽지만,
그건 슬픔에 가까운 부드러움.

엄마의 삶은 드라마의 연속이었지.
하지만 그 드라마는 나중에 이야기하는 게 나을 거야.

지금은 우선 샬로테와 함께 있도록 하자.
최초의 샬로테랑.
그녀는 아름답고, 새까만 긴 머리는 약속과도 같지.
모든 것은 그 느릿느릿함에서 시작한다.
그녀는 점점 느려져, 먹는 것도, 걷는 것도, 읽는 것도.
그녀 안의 무언가가 느려지고 있어.
틀림없이 우울증이 그의 몸속으로 침투한 거다.
빠져나오기 힘든 치명적인 멜랑콜리가.
행복은 가까이 갈 수 없는 과거의 섬 하나가 된다.
샬로테에게 나타난 느릿느릿함은 아무도 알아채지 못한다.
너무도 서서히 퍼지는 병이기 때문에.
사람들은 두 자매를 비교한다.
하나가 다른 하나에 비해 단연 밝고 명랑하다.
기껏해야 사람들이 들먹이는 건 조금 긴 백일몽.
하지만 그녀를 꽉 붙들고 있는 것은 밤.
마지막이 되기 위해선 기다려야만 하는 이 밤.

너무도 추운 11월의 어느 밤.
온 세상이 잠들어 있을 때, 샬로테는 일어난다.
그리곤 마치 여행을 떠나듯 몇 가지 소지품을 챙긴다.

마을은 때 이른 겨울 속에 얼어붙어 숨 죽인듯하다.

이제 막 열여덟이 된 아가씨.

목적지를 향해 재빨리 걸어간다.

어떤 다리를 향해.

그가 좋아하는 어떤 다리.

그녀의 어둠에 휩싸인 비밀의 장소.

오래전부터 알고 있었지, 이것이 마지막 다리가 되리란 것.

보는 이도 없는 칠흑의 밤, 그녀는 몸을 날린다.

일말의 주저함도 없이.

얼음장 같은 물에 떨어진 그녀의 죽음은 차라리 하나의 고문.

여기저기 시퍼렇게 변한 채

이른 아침 둑으로 휩쓸려온 그녀의 주검이 발견된다.

부모와 언니는 비보悲報에 잠을 깨고

아빠는 말을 잃은 채 얼어붙는다.

언니는 울음을 터뜨린다.

엄마는 비통으로 울부짖는다.

다음날 신문들은 이 어린 아가씨를 회상한다.

한 마디 설명도 없이 스스로 죽음을 택한 그.

궁극의 스캔들, 어쩌면 그게 전부인지도.

폭력에 더해진 폭력.

왜?

언니는 이 자살을 자매의 단결에 대한 모욕으로 간주한다.
하지만 책임감을 느끼는 때가 더 많다.
그 느릿함에 관해선 조금도 보지 못했고 이해할 수 없었지만
이제 그 죄책감을 마음속에 간직한 채 살아간다.

02

부모와 언니는 장례식에도 가지 않고
망연자실 은둔하고 만다.
물론 어느 정도는 부끄럽기도 하다.
사람들의 눈길을 피하고만 싶다.

세상사에 참여할 수조차 없이
그렇게 몇 달이 지나간다.
오랜 침묵의 시간이.
입을 여는 건 샬로테를 회상하게 될지도 모를 위험.
한 마디 한 마디 그 뒤에 숨어 있는 샬로테.
오직 침묵만이 살아남은 자의 행군을 지탱하리.
프란치스카가 피아노 위에 손가락을 얹을 때까지.
그녀는 한 곡을 연주하고 부드럽게 노래 부른다.
부모가 그에게 다가간다.

그리고 이 삶의 시위示威에 짐짓 놀란다.

나라에 전쟁이 일어난 건 어쩌면 차라리 잘 된 일.

혼돈과 정의가 그들의 비탄을 가려준다.

사상 최초로 이 분쟁은 온 세계를 뒤덮는다.

사라예보는 과거의 제국들을 무너지게 하고,

수백만 인간들은 종말을 향해 길을 재촉하며,

미래는 땅속으로 파헤친 기인 터널 안에서 다툰다.

프란치스카는 간호사가 되기로 결심한다.

부상자를 보살피고, 아픈 자를 치유하며, 죽은 자를 살리고 싶다.

그래, 무엇보다 쓸모 있는 인간이고 싶다.

아무짝에도 쓸모없다고 느끼며 하루하루를 살아온 그녀가.

그녀의 결심에 엄마는 더럭 겁이 난다.

덕분에 긴장과 입씨름이 생긴다.

전쟁 속 또 하나의 전쟁.

달리 방도가 없어 프란치스카는 자원하고

위험한 전선 가까이에 배치된다.

더러는 그런 그를 용감하다고 평한다.

하지만 그녀는 더 이상 죽음이 두렵지 않을 뿐이다.

전투가 한창일 때 그녀는 알베어트[1] 잘로몬을 만난다.

---

1 Albert ; 흔히 '알베르트'로 표기되는 독일 이름이지만, 실제로 정확한 발음은 '알베아트' 혹
은 '알베아트'이다. _옮긴이

그는 가장 젊은 외과의사 중 한 명.

아주 몸집이 크고 아주 주의 깊은 남자다.

꼼짝 않고 있을 때조차 다급한 것처럼 보이는 그런 사람.

그는 프랑스의 어느 전선에서

임시 병원을 이끌고 있다.

부모와는 이미 사별한 그에게 의료는 가족이나 마찬가지.

머릿속은 온통 임무뿐, 하늘이 두 쪽 나도 맡은 일은 해낸다.

여자들에겐 신경도 안 쓰는 것 같다.

그렇지만 새로 들어온 간호사의 존재는 알아차렸다.

그녀는 그에게 언제나 미소를 보낸다.

행운이랄까, 하나의 사건이 사태를 바꾸어놓는다.

수술이 한창인데 알베어트가 재채기를 한 것이다.

콧물이 흘러나와 코를 풀어야 할 판인데,

아뿔싸, 그의 두 손은 어느 병사의 내장을 검사하고 있으니.

프란치스카가 그에게 손수건을 대준다.

그가 마침내 그녀를 쳐다본 것은 바로 이 순간이다.

일 년 뒤 알베어트는 단단히 맘을 먹는다.

외과의사의 단단한 마음을.

그리고 프란치스카의 부모를 만나러 간다.

하지만 그들이 어찌나 냉랭한지 크게 당황한다.

왜 벌써 우릴 찾아왔소?

아, 그게… 댁의 따님과… 결혼을… 하고 싶…

우리 딸과 뭐라고요? 아버지는 툴툴댄다.

이 꺽다리 사내를 사위로 삼고 싶지 않은 게다.

암, 이 친구는 그룬발트 가문의 딸을 데려갈 자격이 없어.

그러나 프란치스카는 간청한다.

진심으로 그를 사랑한다고 말하면서.

그런 걸 확신하기는 어렵지.

하지만 그녀는 결코 변덕 부리는 스타일은 아니다.

동생이 죽은 후로 그녀의 삶엔 일말의 여유도 없으니까.

결국 부모는 양보하고 만다.

즐거운 마음을 가지려고, 미소를 되찾으려고,

애써 의연함을 가장한다.

그리고는 꽃다발을 사기까지 한다.

응접실에서 색이 사라진 게 얼마나 오래 되었던가.

그건 꽃잎이 가져다준 일종의 부활.

그러나 결혼식장의 그들은 꼭 장례에 온 표정이다.

03

처음 며칠 동안 프란치스카는 여전히 혼자다.

사람들은 이걸 왜 둘만의 *삶*이라 부를까?

알베어트는 다시 전선으로 떠났다.
전쟁은 교착상태에 빠져, 영원할 것만 같고
참호마다 도살장이 따로 없다.
신랑이 죽는 일만 없다면 좋으련만.
과부가 되고 싶은 맘은 없어.
그러니까 벌써 난… 난…
아, 동생이 죽었을 때 사용했던 말이 뭐지?
그런 것은 존재하지 않아, 아무 말도 안 해.
사전은 이따금 신중하지,
프란치스카처럼 고통이 두려우니까.

젊은 신부는 널찍한 아파트에서 방황한다.
중산층을 위한 샬로텐부어크의 어느 건물 일 층.
샬로테의 구역.
자비니광장에서 멀지 않은 빌란트슈트라세 15번지.
난 이 길을 자주 거닐곤 했다.
샬로테를 알기도 전부터 이 구역을 좋아했지.
2004년엔 소설 제목을 〈자비니광장〉으로 하고 싶었다.
그 이름은 나에게 기묘한 울림을 주었다.
이유는 알 수 없지만 무언가가 나를 사로잡았다.

아파트 건물에 나 있는 기다란 복도.
프란치스카는 종종 거기 앉아 책을 읽는다.

거긴 마치 자기 집의 경계에 있는 듯한 기분이다.
오늘은 일찌감치 책을 덮는다.
어지러움을 느끼며 그녀는 욕실로 향한다.
얼굴에 물을 좀 끼얹는다.
그리고는 몇 초가 되지 않아 그녀는 깨닫는다.

부상병을 치료하던 알베어트는 편지를 받는다.
그의 창백한 얼굴을 보고 어느 간호사가 걱정한다.
아내가 아기를 배었다는군, 마침내 그는 한숨짓는다.
이제 그는 한시라도 빨리 베를린에 돌아갈 궁리만 한다.
그러나 프란치스카는 불러오는 배를 안고 있는 외톨이.
그녀는 복도를 따라 걸으며 아기와 이야기를 나눈다.
고독에 마침표를 찍고 싶은 열망에 그토록 휩싸인다.
아이는 1917년 4월 16일에 태어났다.
우리 여주인공의 탄생.
하지만 *마치 자신은 태어남을 수락하지 않았다는 듯*
끊임없이 울어대는 아기의 탄생이기도 하다.

프란치스카는 동생을 기려 아기를 샬로테라 부르고 싶다.
알베어트는 아기가 죽은 이의 이름을 갖는 게 싫다.
하물며 자살한 사람의 이름이라니!
프란치스카는 화를 내며 울고 격노한다.
그녀는 생각한다, 동생을 다시 살게 하는 방법이잖아.

제발, 여보, 그런 억지가 어디 있소, 되풀이하는 알베어트.
어쩔 수 없지, 아내는 합리와는 거리가 멀잖아?
그녀를 사랑하는 것도 그 때문, 그 감미로운 격정 때문,
그리고 결코 한결같지 않은 여자이기 때문 아닌가?
구속을 모르다가 유순해지고, 불안하다가 환해지는 여자.
그는 느낀다, 이 논쟁은 쓸모없어.
그렇잖아도 전쟁이 한창인데 또 싸우고 싶은 사람이 어딨어?
그래서 아기의 이름은 샬로테가 되리.

04

샬로테의 처음 기억은 무엇일까?
어떤 냄새, 혹은 어떤 색깔?
아니, 그보단 틀림없이 소리일 거야.
프란치스카가 불러준 노랫가락.
천사의 목소리를 지닌 엄마, 피아노 반주로 노래한다.
어릴 때부터 샬로테는 그 소리를 들으며 잠든다.
나중엔 엄마의 악보를 넘겨주게 될 터.
그렇게 어린 시절은 음악과 더불어 흘러간다.

프란치스카는 딸아이와 산책하기를 좋아한다.

베를린의 짙푸른 심장, 티어가튼까지 아이를 데려간다.

여전히 패배를 숨 쉬는 도시의 안, 평화의 섬으로.

어린 샬로테는 망가지고 훼손된 육신들을 지켜본다.

자신을 향해 내미는 그 손들이 모두 무섭다.

떼를 이룬 거지들.

그들의 파손된 얼굴을 보지 않으려 눈을 내리깐다.

숲속에 들어가서야 비로소 다시 얼굴을 든다.

여기선 다람쥐를 따라 내달릴 수 있다.

그리고는 공동묘지에도 가야 한다.

절대 잊지 않기 위해서.

샬로테는 죽음도 삶의 일부라는 걸 일찍이 깨닫는다.

아이는 엄마의 눈물을 어루만진다.

동생이 사라진 그날처럼 동생을 애도하는 엄마.

결코 사라지지 않는 고통도 있는 법.

샬로테는 묘비에 적힌 자신의 이름을 읽는다.

무슨 일이 일어났는지 알고 싶다.

이모는 물에 빠졌단다.

헤엄칠 줄 몰랐던 거야?

사고였지.

프란치스카는 서둘러 화제를 바꾼다.

현실과의 첫 번째 타협은 그렇게 이루어진다.

연극의 시작.

알베어트는 이런 공동묘지 산책이 탐탁지 않다.
왜 그런 데로 아이를 그렇게 자주 데려가는 거요?
그건 병적인 이끌림이야.
너무 자주 가지 말고 애는 데려가지 말아요.
하지만 그걸 어떻게 확인한담?
그는 한시도 같이 있지 않은걸.
장인 장모는 말한다, 그 친구, 일 밖에 모르잖아!
알베어트는 독일에서 가장 위대한 의사가 되고 싶다.
병원에 있지 않을 때 하는 일이라곤 공부뿐.

지나치게 일만 하는 사람을 어떻게 믿겠어.
그는 대체 무엇으로부터 달아나려는 걸까?
두려움, 아니면 그저 불길한 예감.
아내의 태도는 갈수록 불안스러워지고
정신이 딴 데 가 있는 모습이 자주 눈에 띈다.
자신으로부터 휴가를 떠나라고 더러 말해주지만
아내는 백일몽을 꾸는 거라고 스스로를 타이른다.
타인의 소외에 대해 그럴싸한 이유를 종종 찾는다.
마침내 걱정거리가 생긴다.
아내는 낮 시간 내내 침대에 누운 채
학교에 가서 샬로테를 데리고 올 생각조차 하지 않는다.

그러다 갑자기 그녀는 스스로를 되찾는다.

시시각각 자신의 무기력에서 벗어난다.

변화의 기미도 없이 여기저기 샬로테를 데리고 다닌다.

시내로, 정원으로, 동물원으로, 박물관으로.

산보하고, 읽고, 피아노 치고, 노래하고, 모두 배워야 해.

삶의 매 순간 그녀는 잔치를 벌이는 게 좋다.

세상을 보고 싶어 한다.

그런 숱한 파티를 알베어트는 사랑한다.

그에게는 자유이며 해방이니까.

프란치스카는 피아노에 앉는다.

입술을 움직이는 그 모습이 너무나 아름답다.

누가 보면 악보랑 속삭이고 있다고 할 테지.

샬로테에게 엄마의 목소리는 어루만짐이다.

그렇게 노래 잘 하는 엄마가 있는데 무슨 일이 생길 수 있겠어.

인형과도 같이, 샬로테는 연회장 한가운데 꼿꼿이 서서

지을 수 있는 가장 예쁜 미소로 손님들을 맞는다.

턱이 얼얼할 때까지 엄마와 함께 연습했던 미소로.

대체 이게 무슨 논리람?

여러 주일 동안 두문불출하던 엄마가

느닷없이 사교라는 악마에 사로잡히다니!

하지만 샬로테는 이런 변화가 재미있다.

무관심보다는 무엇이 되었건 변화가 더 좋다.

텅 빈 것보단 넘쳐흐르는 게 좋잖아.

그런데 지금 그 공허함이 다시 찾아온다.
달아났던 것만큼이나 재빨리 돌아온다.
그리고 공연히 지쳐버린 엄마는 다시금 스스로를 가두고
침실 한가운데서 정신없이 다른 어딘가를 꿈꾼다.

조리 없는 엄마의 행동에도 샬로테는 고분고분하다.
자신의 우울함을 잘 다스린다.
이렇게 하여 예술가가 되는 것일까?
타인들의 어리석음에 길들여지면서?

05

샬로테가 여덟 살이 되자 엄마의 상태는 악화된다.
우울증에 시달리는 기간이 길어지기만 한다.
이제 아무런 의욕도 없고, 자신은 무용지물이라 느낀다.
남편이 애원해보지만
이미 어둠은 그들의 침대에 깔려 있다.
나 당신이 필요해, 여보, 그가 말한다.
우리 딸도 당신이 필요해, 다시 그가 말한다.
하지만 이 밤 그녀는 잠든다.

그러나 다시 일어난다.

알베어트는 눈을 뜨고 시선으로 그녀를 좇는다.

프란치스카는 창가로 다가간다.

하늘이 보고 싶어요, 남편을 안심시키려는 듯 말한다.

딸에게도 자주 이야기한다, 하늘에는 모든 게 더 아름다워.

그리곤 덧붙인다, 엄마가 거기 가면 편지로 다 말해줄게.

'저 너머'는 하나의 집착이 된다.

넌 엄마가 천사가 되는 걸 원하지 않니?

그렇게 되면 정말 굉장할 거야, 안 그래?

샬로테는 입을 열지 않는다.

천사.

프란치스카는 한 천사를 알고 있다: 동생.

모든 것을 끝낼 용기를 지녔던 천사.

조용히 아무런 예고도 없이 세상을 등지는 용기를.

폭력의 완벽한 마무리.

열여덟 살 아가씨의 죽음.

약속의 죽음.

공포에도 위계가 있음을 프란치스카는 이해한다.

아이를 가졌을 때의 자살은 최상위의 자살이다.

가족의 비극에서도 첫 번째 자리는 그런 여자의 몫이다.

그와 같은 파멸의 탁월함에 누가 이의를 제기하랴?

어느 날 밤 그녀는 가만히 일어난다.

숨조차 쉬지 않고서.

이번에는 알베어트도 듣지 못한다.

그녀는 욕실까지 걸어간다.

아편이 든 병을 잡더니 안에 든 걸 몽땅 삼켜버린다.

그녀의 신음이 마침내 남편을 깨운다.

부리나케 달려가지만, 문은 열쇠로 잠겨 있다.

프란치스카는 문을 열지 않는다.

목구멍이 활활 타오르고 고통은 견딜 수 없다.

하지만 그녀는 죽지 않는다.

남편의 공황상태가 그녀의 작별인사를 망쳐버린다.

샬로테도 듣고 있을까?

잠에서 깨어 있을까?

알베어트는 마침내 간신히 문을 연다.

아내를 다시 살려낸다.

마신 아편의 양이 충분치 않았다.

그러나 이제 그는 안다.

죽음은 더 이상 환상이 아니란 것을.

06

잠에서 깬 샬로테가 엄마를 찾는다.

응, 엄마가 간밤에 많이 아팠단다.

엄마를 귀찮게 하면 안 될 것 같구나.

생전 처음으로 어린 소녀는 엄마를 못 보고 학교에 간다.

엄마에게 뽀뽀도 하지 못한 채.

프란치스카는 친정에 가 있으면 더 안전할 거야.

알베어트는 그렇게 생각한다.

혼자 놔두면 또 스스로를 해칠 거야.

아내와 이성적으로 이야기하는 건 불가능해.

프란치스카는 소녀 시절에 쓰던 방을 다시 차지한다.

어린 시절의 무대였던 곳.

동생과 함께 행복했던 바로 그 장소.

부모가 늘 붙어 있어줘 그녀는 어느 정도 기력을 되찾는다.

어머니는 흥분한 모습을 감추려 애쓴다.

하지만 그게 어떻게 가능하겠는가?

전번에 막내가 자살하더니, 언니까지 죽지 못해 안달이니!

어찌 한숨 돌릴 겨를도 없구나.

어머니는 백방으로 도움을 청해본다.

가족과 친분이 있는 신경과 전문의를 부른다.

잠시 약간의 위기를 만난 겁니다, 그는 안심을 시킨다.

일종의 과다한 정서, 그리고 강렬한 감성, 그뿐이에요.

샬로테는 걱정이 된다.
엄만 어디 있어요?
엄만 지금 아프단다.
감기에 걸렸어.
감기는 전염이 잘 되거든.
그러니까 당분간 엄마를 안 보는 편이 낫겠구나.
엄만 금방 돌아올 거야, 알베어트는 약속한다.
정말 설득력이 있는 것은 아니지만.
아내를 향한 분노가 치밀어 오른다.
더구나 샬로테의 혼란스러워 하는 모습을 대할 때면.

그래도 그는 매일 저녁 아내를 보러 간다.
그를 맞는 장인 장모는 얼음처럼 냉랭하다.
그들은 이게 모두 사위 탓이라고 간주하는 것이다.
만날 일에 매달려 집에 붙어 있는 꼴을 못 보잖아!
딸이 목숨을 끊으려 한 건 불가피한 절망의 행동이지.
너무나 엄청난 고독이 도발한 몸짓이라고!
누군가에게 꼭 비난을 퍼부어야 하는가.
그럼 동생이 죽은 것도 내 탓이람? 그는 소리치고 싶다.
하지만 알베어트는 입을 꾹 다문다.
그냥 두 사람을 무시하고 침대 맡에 가 앉는다.

마침내 아내와 단둘이 앉은 그는 이런저런 기억을 떠올린다.
언제나 그런 식으로 끝난다, 기억을 더듬으며.
모든 게 제자리를 찾을 거라고 믿겠지.
프란치스카는 남편의 손을 잡고 희미한 미소를 던진다.
서로를 달래는 순간, 부드럽기까지 한 순간,
어두운 선망羨望의 사이로 삶이 지나가는 짧은 통과의 순간.

환자를 보살펴줄 간호사를 선택한다.
어쨌든 공식적인 해명은 그렇다.
하지만 목적은 물론 그녀를 감시하기 위함이다.
이 낯선 사람이 지켜보는 가운데 여러 날이 흐른다.
프란치스카는 단 한 번도 딸의 안부를 묻지 않는다.
샬로테는 더 이상 존재하지 않는다.
알베어트가 그림을 한 장 가져오자, 그녀는 얼굴을 돌린다.

07

널찍한 식당에서 그룬발트 부부가 식사를 하고 있다.
간호사가 방을 가로질러 와서 잠시 그들 옆에 앉는다.
그 순간, 어떤 환상이 벼락처럼 어머니를 내리친다.
방에 홀로 남겨진 프란치스카, 창가로 다가가는 프란치스카.

분노에 찬 어머니는 간호사를 노려본 다음,

황급히 일어나 딸이 있는 방으로 달려간다.

문을 열어젖혔으나, 그 순간 허공에 떨어지는 몸이 보일 뿐.

죽을힘을 다해 비명을 질렀으나, 너무 늦었다.

둔탁하고 무거운 소리.

어머니는 사시나무처럼 떨며 앞으로 걸음을 뗀다.

프란치스카는 자신의 피로 범벅이 되어 있다.

제 2 부

01

소식을 전해들은 샬로테는 입을 꼬옥 다문다.

고약한 독감이 엄마를 데려갔어.

샬로테는 그 단어를 곰곰 생각한다; 독감.

딱 한 마디, 그리고는 모든 게 끝장이라니!

여러 해가 지난 다음에야 그녀는 마침내 사실을 알게 된다.

전반적으로 혼란스런 분위기에서.

우선은 아빠를 위로해주는 샬로테.

아빠, 괜찮아요, 그녀는 말한다.

엄만 나한테 미리 알려줬어요.

엄마는 천사가 되었어요.

천국에 가는 게 얼마나 멋진 일인지 모른다고 늘 그랬어요.

알베어트는 뭐라고 대답해야 할지 알 수 없다.

그 역시 그렇게 믿고 싶다.

하지만 진실을 알고 있잖은가.

아내는 그를 홀로 남겨두고 가버렸잖은가.

샬로테와 나, 단둘만 남겨두고.

어디에서나 추억들이 그를 따라다닌다.

어떤 방이든 물건 하나하나에 아내가 있다.

아파트의 공기는 여전히 아내가 숨 쉬던 그 공기.

그는 가구의 위치를 옮기고 모조리 뒤엎어버리고 싶다.

아니, 어디론가 이사를 가버려야 할지도.

하지만 샬로테한테 그렇게 말하자, 아이는 거절한다.

엄만 일단 하늘나라에 도착하면

나한테 편지를 보내겠다고 약속했어요.

그러니까 여기 그냥 있어야 해요.

안 그러면 우릴 찾지 못할 거예요, 소녀는 그렇게 말한다.

저녁마다 소녀는 창가에 앉아서

몇 시간씩 기다린다.

지평선은 어둡고 음울하다.

엄마의 편지가 길을 못 찾고 있는 건 그 때문일지 몰라.

여러 날이 흐른다, 아무런 소식도 없이.

샬로테는 공동묘지에 가보고 싶다.

거기라면 구석구석 자세히 알고 있지.

엄마의 무덤으로 다가간다.

엄마가 했던 약속, 잊지 마. 나한테 다 얘기해줘야 돼.

하지만 언제나 없다,

그 어떤 응답도.

이 침묵, 샬로테는 더 이상 참을 수 없다.

아빠는 딸을 합리로 설득하려고 한다.

죽은 사람은 살아 있는 사람한테 편지를 쓸 수 없단다.

그리고 그 편이 차라리 더 나아.

엄마가 있는 거기에서 엄만 행복해.

구름 속에는 피아노가 얼마든지 많이 숨겨져 있거든.

그는 대충대충 이야기한다.

생각은 하염없이 뒤엉킨다.

마침내 샬로테는 아무 소식도 듣지 못할 것임을 깨닫는다.

그리고 견딜 수 없으리만치 엄마를 원망한다.

02

이제, 고독을 배워야 할 때.

샬로테는 어느 누구와도 자기감정을 나누지 않는다.

아빠는 오직 일에 파묻히고 일 속으로 달아나

저녁이면 어김없이 사무실에 틀어박힌다.

샬로테는 엎드려 책에 파묻힌 그를 지켜본다.

탑처럼 높이 쌓인 책들.

아빠는 정신이 나간 듯, 온갖 공식을 중얼거린다.

난 지식을 추구하고 세상의 인정을 받고 싶어.

그런 아빠를 그 어떤 것도 멈춰 세울 수 없다.

그는 막 베를린의대의 교수로 임명되었다.

이게 바로 세상이 날 인정하는 거야, 나의 꿈이라고!

그러나 샬로테는 기뻐하는 기색도 없다.

말이야 바른 말이지 그녀에게 감정 표현은 이미 어렵잖아.

퓌어스틴-비스마르크 학교에선 그녀만 보이면 다들 소곤댄다.

저 앤 부드럽게 대해야 돼, 엄마가 죽었대.

엄마가 죽었대, 엄마가 죽었대, 엄마가 죽었대.

다행히도 건물은 편안하고 계단은 널찍하다.

쓰라린 아픔도 가라앉는 곳이랄까.

샬로테는 날마다 학교에 가는 것이 다행이다.

나 또한 이 길을 걸어보았다.

수도 없이 여러 번, 그의 발걸음을 따라,

어린 샬로테의 발자취대로 오갔다.

어느 날 나는 그 학교에 들어가 봤다.

계집아이들이 복도에서 뛰어다녔다.

그들 사이에서 다시 샬로테를 볼 수 있을 것만 같았다.

비서실에서 지도교사가 날 반갑게 맞아주었다.

게얼린데라는 이름의 상냥한 여자였다.

나는 학교를 찾아온 이유를 설명했다.

그녀는 놀라는 것 같지 않았다.

샬로테 잘로몬, 그는 혼잣말로 이름을 되뇌었다.

샬로테가 누구인지 다들 알아요, 물론 잘 알고 있죠.

그렇게 나의 길고도 꼼꼼한 방문이 시작되었다.

시시콜콜한 것들이 하나같이 다 중요하니까.

게얼린데는 학교의 장점에 대해 칭찬을 늘어놓았다.

그러면서 내 반응과 내 기분을 살폈다.

하지만 정말 중요한 건 아직 보지 못했다.

그녀는 자연과학 교재를 보러 가자고 제안했다.

그건 왜죠?

전부 그 시대의 것들이니까요.

지난 세기의 한가운데로 빠져 들어가는 겁니다.

손도 대지 않은 샬로테의 시절로 말이에요.

우린 어둡고 먼지 덮인 복도를 지나갔다.

그렇게 다다른 고미다락에는 박제된 동물이 가득했다.

그리고 유리병 속에서 영원을 건너온 곤충들도.

인간의 뼈대 하나가 내 눈길을 잡아끌었다.

죽음, 내가 추구하는 변함없는 주제여.

게얼린데가 말했다, 샬로테도 부득불 그걸 배웠지요.
난 거기 있었다, 내 우상과는 거의 한 세기의 간격을 두고.
이번엔 내가 인체의 구성을 분석하면서.

마지막으로 우린 장려한 교내 극장으로 들어갔다.
여학생들이 학급사진을 찍느라 포즈를 취했다.
사진 찍기에 신이 나서 바보짓도 마다하지 않았다.
삶의 환희를 불멸의 것으로 만드는 잠시의 성공.
내가 알고 있던 샬로테의 학급사진이 다시 생각났다.
이 극장 안이 아니라 바깥 교정에서 찍은 거지만.
그건 참으로 맘을 어지럽게 하는 사진이다.
소녀들은 일제히 앞을 향해 시선을 고정시킨다.
단 한 소녀만 빼고 모두.
샬로테의 눈길만은 어딘가 다른 쪽을 향하고 있다.
그녀는 무엇을 보고 있을까?

03

샬로테는 한동안 할아버지 댁에서 살게 된다.
엄마가 어릴 때 쓰던 방을 차지한다.
그것이 할머니에게 혼란을 가져온다.

할머니의 시간이 뒤죽박죽된 것이다.

그녀의 큰딸과 얼굴이 닮은 계집아이.

그녀의 막내딸과 이름이 같은 계집아이.

밤이면 할머니는 겁에 질려 몇 번이고 잠을 깬다.

샬로테가 곤히 잠들었음을 확인해야 맘이 놓인다.

갈수록 거칠어지는 계집아이.

샬로테가 그토록 싫다는데도 아빠는 보모를 들인다.

누구든 자신을 건드리는 게 끔찍이도 싫은 샬로테.

그 중에도 최악은 미스 슈타가트.

커다란 칠면조 같이 천박한 여자.

샬로테처럼 버릇없이 자란 아인 살다 살다 처음 봅니다.

다행히도 그 여자는 산보 길에 바위틈에 빠져버린다.

다리가 부러져 고통으로 울부짖는다.

샬로테는 마침내 안도하며 뛸 듯이 행복하다.

그러나 하제의 경우는 전혀 다르다.

샬로테는 금세 그를 좋아한다.

아빠가 집에 없어서 하제는 함께 사는 거랑 마찬가지.

하제가 목욕할 때면 샬로테는 일어나 그를 훔쳐본다.

그녀의 풍만한 가슴에 넋을 잃는다.

그처럼 인상 깊은 젖가슴은 생전 처음 본다.

엄마의 젖가슴은 자그마했는데.

그럼 내 젖가슴은 어떻게 될까?

어느 편이 더 좋을지 알고 싶다.

계단참에서 또래 이웃을 만나자 그에게 물어본다.

그 친구는 깜짝 놀라는 것 같다.

그러다 마침내 대답한다, 젖가슴은 큰 게 좋겠지.

그렇담 하제는 운이 좋은 거지만, 별로 예쁘진 않아.

얼굴이 퉁퉁 부은 것처럼 보이거든.

게다가 입 위엔 털도 났고…

딱히 콧수염이라고 할 수는 없지만.

그래서 샬로테는 이웃 아이를 다시 쳐다본다.

젖가슴은 크지만 콧수염이 난 게 더 좋아…?

아님, 천사 같은 얼굴에 작은 젖가슴이 더 좋아?

사내아이는 다시 머뭇거리다 진지하게 대답한다.

내가 보기엔 두 번째가 더 좋은 것 같아.

그리곤 한 마디도 건네지 않고 가버린다.

이제부턴 그 이상한 여자애를 만나면 귀찮을 거야.

하지만 그 여자애 샬로테는 그 대답에 맘이 놓인다.

사실 남자들은 하제를 안 좋아한다는 게 확실해졌어.

샬로테는 그녀가 너무 좋아서 놓치기 싫은 거다.

어느 누구도 하제를 좋아하지 않으면 좋겠다.

어느 누구도, 날 빼고는.

04

어머니 없이 맞이하는 첫 번째 크리스마스.
여느 때보다 수척한 할아버지 할머니도 오셨다.
거실의 크리스마스트리는 턱없이 거창하다.
아빠가 제일 크고 제일 예쁜 걸로 사온 거다.
물론 딸을 위해, 그리고 아내를 기리는 마음으로.
프란치스카는 성탄절을 너무나 좋아했지.
몇 시간씩 공들여 트리를 장식하곤 했어.
일 년 중에 가장 찬란한 순간이었으니까.
하지만 지금 크리스마스트리는 음울하다.
나무조차 상복을 걸친 것 같다.

샬로테는 선물상자를 열어본다.
다들 지켜보는 가운데 행복한 여자아이를 흉내 낸다.
그 순간의 무게를 덜어내기 위한 연극.
아빠의 슬픔을 몰아내기 위한 연극.
헌데 그를 아프게 하는 것은 주위의 침묵.
성탄절이면 엄마는 몇 시간이고 피아노를 쳤지.
엄만 크리스마스 캐럴을 참 좋아했는데.
오늘 저녁은 아무런 선율도 없이 흘러간다.

샬로테는 종종 피아노를 지켜본다.

하지만 그걸 만질 용기는 안 난다.

건반 위로 엄마의 두 손이 다시 보인다.

악기 위로 과거는 눈을 부릅뜨고 살아 있다.

피아노는 그걸 이해할 수 있으리란 생각이 든다.

그리고 내 상처도 함께 보듬을 수 있을 거야.

피아노도 나처럼 고아니까.

샬로테는 아직도 펼쳐 있는 악보를 매일 쳐다본다.

엄마가 연주했던 마지막 곡.

바흐의 음악.

숱한 크리스마스가 이렇게 지나겠지, 침묵 속에서.

05

이제 우린 1930년에 와 있다.

샬로테는 사춘기의 아가씨로 변해 있고.

사람들은 그녀가 *자신만의 세계에 빠져 있다*고들 말한다.

나만의 세계에 빠져 있다고, 그럼 어떻게 되는 거지?

말할 것도 없이 백일몽, 그리고 시.

하지만 혐오와 지극한 행복의 기이한 혼합까지도.

샬로테는 미소를 지으면서 동시에 아파할 수도 있다.

하제만이 그녀를 이해하지만, 그건 말로 되는 게 아니다.

샬로테는 하제의 가슴에 가만히 머리를 얹는다.

그러면 누군가 자기 말에 귀를 기울여주는 것 같다.

어떤 이의 몸은 위로가 된다.

그러나 하제는 더 이상 샬로테를 돌보지 않는다.

열세 살짜리한테 가정교사는 더 필요 없다는 아빠.

아빠는 딸이 무얼 원하는지 알기라도 하는 걸까?

정히 그렇다면, 샬로테는 자라기를 거부한다.

샬로테는 갈수록 더 외로움을 느낀다.

제일 친한 친구조차 이제 카트린과 더 많은 시간을 보낸다.

새로 전학 온 아이인데 벌써 그렇게 인기다.

어떻게 그럴 수가 있냐고?

호감을 사는 능력이 뛰어난 여자애들이 있잖아.

샬로테는 행여 버림받을까 두렵다.

아예 가까워지는 걸 피하는 게 상책이다.

오래 가는 건 하나도 없으니까.

있을 수 있는 좌절은 피하면서 살아야 해.

그렇지만, 아니야, 그건 말도 안 돼.

아빠가 어떻게 되었는지 뻔히 보고 있잖아.

사람들을 피하다가 얼마나 따분하게 되었는지.

그래서 밖으로 좀 나가라고 아빠를 부추긴다.

아빠는 어느 날 만찬에서 유명한 가수 맞은편에 앉는다.

그녀는 막 음반 녹음을 마친 터인데, 그게 대성공이다.

유럽 전역에서 찬사가 쏟아진다.

그녀는 교회에서도 노래를 부른다, 성가를.

알베어트는 할 말이 없어 진땀이 나고 압도당한 느낌이다.

대화 도중에 말이 끊어지기 일쑤다.

여자가 환자이기만 해도 의사 양반 할 말이 생각날 텐데.

하지만 소용없어, 이 여잔 희망이 없을 정도로 건강하거든.

잠시 후 그는 자기한테 어린 딸애가 있다고 더듬거린다.

파울라(이게 그녀의 이름이다)에겐 그 말이 귀엽게 들린다.

숱하게 구애를 받아본 그녀, 예술과는 거리가 먼 남자를 꿈꾼다.

오페라하우스의 불같은 관장 쿠어트 징어도 알랑거린다.

그녀를 위해선 (그니까 결혼만 해준다면) 모든 걸 내던지겠단다.

그래도 그의 치근덕거림을 모른 척 피해간다.

몇 달씩 그는 파울라에게 별이라도 따주겠노라고 약속한다.

신경과 전문의이기도 한 그는 여자들 신경치료도 해준다.

파울라를 홀리기 위해 그는 최면을 걸기까지 할 태세.

파울라는 굴복할 것처럼 보이지만 이내 그를 거절한다.

어느 날 저녁, 연주회에서 나오는데 쿠어트의 여자가 나타난다.

그리고는 독극물이 든 병을 파울라에게 던진다.

자신은 틀림없이 마시기를 주저했을 독약.

오, 사랑의 비극.

이 일로 파울라는 마음이 약해진다.

이젠 결혼을 해야 할 때라고 생각한다.

이 피곤한 상황에 종지부를 찍을 때야.

이럴 때 알베어트가 하나의 안식처처럼 그녀에게 나타난 것.

그뿐인가, 외과의사의 손길이 더 맘에 들거든.

알베어트는 파울라와의 만남을 샬로테에게 말해준다.

호기심에 가득 찬 아이는 그녀를 만찬에 초대하자고 조른다.

유명한 가수가 오면 아주 영광이잖아요.

그는 아이의 말을 따르기로 한다.

바로 그날 저녁, 샬로테는 가장 예쁜 드레스를 입는다.

사실은 그녀가 좋아하는 단 하나의 드레스다.

그녀는 하제를 도와 식탁을 차리고 접시를 놓는다.

빠짐없이 완벽하게 차려야 해.

여덟 시, 누군가 현관에서 초인종을 누른다.

상기된 얼굴로 샬로테가 문을 연다.

파울라는 그녀를 향해 만면의 미소를 띤다.

샬로테구나, 그렇지, 여가수가 그렇게 말한다.

네, 제가 샬로테에요, 그렇게 대답하고 싶다.

하지만 한 마디도 나오질 않는다.

저녁식사는 일종의 절제된 기쁨 속에서 진행된다.

샬로테에게 연주회에 와보라고 제안하는 파울라.

끝나면 분장실도 구경할 수 있을 거야.

알게 될 테지만, 아주 아름다워, 파울라가 덧붙인다.

진실이 존재하는 곳은 커튼 뒤밖에 없거든.

부드럽게 이야기하는 그녀의 음성은 너무도 섬세하다.

프리마돈나의 위용은 어디에도 없다.

오히려 그녀의 제스처는 연약하다.

알베에르트는 생각한다, 만사가 더할 나위 없이 잘 되어가는군,

파울라가 원래 여기 산다고 생각한대도 무리가 아니겠는걸.

저녁이 끝나자 다들 파울라에게 한 곡 불러달라고 간청한다.

그녀는 피아노로 다가간다.

샬로테의 심장은 그냥 뛰는 게 아니라, 거칠게 내달린다.

파울라는 피아노 옆에 둔 악보를 뒤적인다.

마침내 슈베르트의 가곡 하나를 선택한다.

그리곤 바흐의 노래 위에다 그걸 얹어놓는다.

06

샬로테는 파울라에 관한 기사를 일일이 모아둔다.

사람들이 누군가를 그토록 사랑하다니, 참 신기해.

연주회장에서 터지는 박수갈채 소리는 정말 듣기 좋아.

그 음악가를 *개인적으로* 알고 있다는 게 자랑스럽고.

청중의 뜨거운 성원이 샬로테를 열광시킨다.

경탄의 소리들은 기막히게 듣기 좋다.

파울라는 자신이 받는 사랑을 이 소녀와 함께한다.

그 소녀에게 꽃다발과 팬레터를 보여준다.

이 모든 게 생소한 위안의 모습으로 다가온다.

이 강렬한 삶이 세월의 걸음을 재촉한다.

갑자기 모든 게 정신없이 돌아가는 것만 같다.

알베어트는 딸에게 묻는다, 파울라는 어때, 맘에 드니?

두말할 것 없이 너무 좋아요.

정말 잘 됐구나, 우리 둘은 결혼하기로 맘먹었거든.

샬로테는 팔짝 뛰어 아빠의 목을 그러안는다.

여러 해 동안 한 번도 안 했던 제스처다.

혼례는 유대교 회당에서 거행된다.

랍비인 아버지 아래 자란 파울라는 유대교 신자.

하지만 샬로테의 삶에서 유대교는 썩 중요하지 않았다.

아니, 전혀 중요하지 않았다고 해도 과언이 아니다.

그의 어린 시절은 *유대인 성향의 부재* 위에 이루어졌으니까.

발터 벤야민의 표현을 빌자면 말이다.

부모도 종교를 떠나 세속의 삶을 영위해왔다.

그리고 엄마는 기독교 성가를 사랑했다.

열세 살 나이에 샬로테는 자기 것이 될 세상을 발견한다.
멀리 보이는 것에 대한 가벼운 호기심으로 그걸 관찰한다.

07

알베어트의 새 여자는 빌란트슈트라세 15번에 정착한다.
그것이 샬로테의 삶을 뒤흔든다.
공허와 침묵에 익숙했던 아파트가 모습을 바꾼다.
파울라는 거기에 베를린의 문화를 들여놓는다.
유명인사들을 초대한다.
저 유명한 알베어트 아인슈타인의 모습도 보인다.
건축가 에리히 멘델존도.
그리고 알베어트 슈바이처도.
그야말로 압도적인 독일 문물의 절정기.
지적으로나, 예술적 혹은 과학적인 측면에서.
피아노를 치고, 술 마시고, 노래하고, 춤추고, 발명한다.
삶이 이토록 강렬해 보인 적은 없었다.

지금 이곳엔 자그만 황금빛 명판이 땅에 박혀 있다.
사람들은 그걸 *슈톨퍼슈타인*[2]이라 부른다.
보금자리를 뺏긴 자들에 바치는 오마쥬.

베를린, 특히 샬로텐부어크에서, 많이 볼 수 있다.

그렇다고 쉽사리 보이는 건 아니다.

머리를 숙이고 자갈 사이의 그 기념물을 찾아야 하니까.

빌란트슈트라세 15번 건물 앞엔 세 개의 이름이 적혀 있다.

파울라, 알베어트, 그리고 샬로테.

그러나 담장에는 단 한 사람을 추모하는 명판이 있을 뿐.

바로 샬로테 잘로몬을 위한 것이다.

내가 마지막 베를린을 찾았을 때, 명판은 사라지고 없었다.

건물은 임시가설물 아래 수리가 한창이었다.

새로 바른 페인트 아래 지워진 이름, 샬로테.

깨끗이 소독된 건물은 영화 촬영장의 외관을 닮아 있다.

포장된 보도에 얼어붙은 채, 나는 발코니를 관찰한다.

샬로테가 아빠랑 카메라 앞에서 포즈를 취했던 그 발코니.

그 사진은 1928년경으로 거슬러 올라간다.

그녀는 열하나 혹은 열둘, 시선은 생생하다.

이미 놀라우리만치 숙녀 티가 난다.

나는 잠시 과거에 머문다.

현재보다 차라리 기억 속 사진을 보는 편이 더 낫다.

---

2 Stolperstein ; '걸림돌' 혹은 '발부리에 걸리는 돌'이란 뜻의 독일어로서, 2차 대전 중 나치에
   의해 살던 곳으로부터 쫓겨나기 직전까지 살던 집 앞 보도에다 금빛 황동판을 깔고 거기
   희생당한 사람의 이름과 출생/사망연도 등을 기록하여 그들의 삶을 기리는 유럽 전역에
   걸친 역사 프로젝트. 군터 템니히(Gunter Demnig)에 의해 시작돼 독일을 위시한 유럽
   17개국에 5만 장이 넘게 깔려 있다. _옮긴이

이윽고 나는 마음을 먹는다.

사다리와 일꾼 사이를 요리조리 빠져나와 올라간다.

일층에 이르러 난 그녀의 아파트 앞에 선다.

샬로테의 집 초인종을 누른다.

공사 때문에 그곳은 황량하다.

그러나 아파트에서 한 줄기 빛이 흘러나온다.

누군가가 안에 있는 것 같다.

누군가가 있음에 틀림없다.

하지만 아무 소리도 들리지 않는다.

널찍한 아파트라는 건, 나도 안다.

다시 초인종을 누른다.

여전히 잠잠하다.

기다리는 동안 초인종 위에 적혀 있는 이름들을 읽는다.

잘로몬 가의 아파트는 사무실로 변한 것 같다.

여기 자리 잡은 회사의 이름은 *다스도메인하우스닷컴*.

인터넷 사이트를 개발하는 회사다.

이윽고 무슨 소리가 들린다.

이쪽으로 다가오는 발소리.

문을 열어줘야 하나, 누군가가 망설인다.

불안한 표정의 어떤 여자가 나타난다.

무슨 일로 오셨는지요?

내 소설을 독어로 번역해준 크리스티안 콜프가 나랑 함께 있다.

그는 잠시 뜸을 들이고서야 입을 떼는 성격.

그리고 언제나 할 말을 다 못하고 우물쭈물한다.

나는 우리가 온 이유를 설명해달라고 그에게 부탁한다.

프랑스 소설가… 샬로테 잘로몬…

여자는 우리 코앞에서 문을 쾅 닫고 만다.

나는 망연자실 꼼짝도 못하고 서 있다.

여기서 샬로테의 방까지는 불과 몇 미터인데.

짜증나는 일이지만, 억지로 밀어붙여 될 일도 아니다.

시간이야 얼마든지 있으니까.

08

샬로테가 참여하는 토론들은 그녀를 풍요롭게 한다.

그녀는 책을 읽기 시작한다, 많은 책을, 열정적으로.

괴테, 헤세, 레마르크, 니체, 되블린을 게걸스레 읽는다.

파울라가 보기에 샬로테는 너무 내성적인 것 같다.

친구를 집으로 초대하는 일조차 한 번도 없잖아.

샬로테는 새엄마에 대해 갈수록 독점욕을 보인다.

저녁만 되면 줄곧 새엄마를 졸졸 따라다닌다.

다른 사람이 새엄마랑 오래 이야기하는 걸 못 참는다.

파울라의 생일, 그녀는 특별한 이벤트를 하고 싶다.

여러 날 동안 가장 멋진 선물을 찾아다닌다.

마침내 샬로테는 완벽한 화장용 콤팩트를 보게 된다.

용돈을 몽땅 털어 그걸 산다.

그걸 발견하게 되어 너무나도 행복하다.

새엄마는 나를 한층 더 사랑할 거야.

새엄마의 생일 저녁, 샬로테는 발을 동동 구른다.

파울라가 샬로테의 선물을 열어 본다.

파울라는 대단히 만족한다.

하지만 수많은 선물 가운데 하나일 뿐.

파울라는 누구에게나 똑같이 부드럽게 고마움을 표한다.

샬로테는 무너진다.

그것이 샬로테를 절망으로 내몬다.

그리고 샬로테를 바보로 만들고 만다.

그녀는 달려가 콤팩트를 빼앗는다.

그리곤 있는 힘을 다해 바닥에 내던진다, 손님들 앞에서.

쥐죽은 듯 온통 잠잠해진다.

알베어트는 아내를 바라본다, 반응은 그녀의 몫이라는 듯.

여가수는 얼음장 같은 분노에 사로잡힌다.

그녀는 샬로테를 자기 방으로 데려간다.

그리고는 말한다, 우리 내일 이야기해, 알았지?

소녀는 혼자 생각한다, 내가 모든 걸 망쳐버렸어.

다음날 아침, 둘은 부엌에서 얼굴을 맞댄다.

샬로테는 백배사죄한다.

자신이 느꼈던 바를 설명하려고 애쓴다.

파울라는 그녀의 뺨을 손으로 어루만지며 위로해준다.

샬로테가 마침내 자신의 불안을 말로 표현해주어 다행이다.

파울라는 예전에 만났던 명랑한 아가씨를 떠올려본다.

알 수 없군, 지금 그 아가씨를 이토록 동요시키는 게 뭘까?

알베어트가 보기에 딸의 행동은 질투심의 발로다.

그 이상은 아무 것도 아냐.

그는 딸이 겪고 있는 고통의 심연을 보지 않으려 한다.

중대한 일, 위대한 의사의 일에 온통 얼이 빠져 있으니까.

그는 궤양 치료를 위해 획기적인 발견을 하지 않았던가!

딸의 위기는 그에게 우선 사항이 아니다.

하지만 파울라는 줄곧 걱정이 태산이다.

당신이 샬로테에게 모든 걸 말해줘야 할 것 같아요.

진실을 말이에요.

진실이라니, 무슨 진실? 알베어트는 묻는다.

진실… 샬로테의 엄마에 관해서죠.

파울라는 집요하게 부탁한다.

그런 거짓말 위에 누가 무엇을 지을 수 있단 말인가.

모두가 거짓말을 했다는 걸 알게 되면, 정말 끔찍한 노릇일 터.

안 되오, 침묵을 지켜야 해, 알베어트는 재차 다짐한다.
그리곤 덧붙인다, 할아버지 할머니는 단호하셨어.
샬로테가 아는 걸 절대 원치 않으셔.

파울라는 갑자기 깨닫는다.
샬로테는 자주 할아버지 댁에서 자게 될 거야.
압박감은 사라지지 않을 거고.
두 분은 무시로 기억하고 있어, 두 딸을 잃어버렸다는 사실을.
이제 남은 건 샬로테뿐이라고 두 사람은 통탄하고 있지.
할아버지 댁에 머물렀다가 돌아올 때면 샬로테는 우울하다.
말할 것도 없이 할머니는 샬로테를 깊이 사랑하신다.
그러나 그 사랑엔 어딘지 어두운 힘 같은 게 들어 있다.
이 여인이 어떻게 아이를 돌볼 수 있겠는가?
두 딸이 자살로 생을 마감한 그 여인이?

09

결국 파울라는 샬로테에게 아무 말도 않기로 한다.
가족이 그처럼 맹세한다니 어쩌겠는가.
그러나 가슴을 후벼내는 편지를 할머니에게 보낸다.
"당신은 당신의 딸들을 죽인 장본인입니다.

하지만 이번엔 그렇게 되지 않을 겁니다.

제가 샬로테를 보호할 테니까요…”

벼락을 맞은 듯, 할머니는 자기 안으로 침잠해버린다.

묻어버리고 싶었던 과거가 파도처럼 다시 밀려온다.

연이은 비극이 줄곧 그녀를 괴롭힌다.

그래, 물론 그녀에겐 두 딸이 있다.

하지만 그 딸들은 기나긴 자살 충동 혈통의 결과일 뿐.

남동생 역시 불행한 결혼을 비관하여 바다에 몸을 던졌다.

법학박사인 그는 겨우 스물여덟이었다.

그들은 그의 시신을 살롱에 안치했다.

여러 날 동안 가족들은 비극의 바로 옆에서 잠들었다.

그를 떠나보내고 싶지 않았던 것이다.

그들의 아파트는 그의 무덤이었다.

오로지 썩는 냄새 때문에 시신 안치도 끝났다.

망자의 어머니는 아들의 시신을 보내지 않으려 했다.

아들의 죽음은 받아들여도, 아들의 부재는 견딜 수 없었다.

아들의 육신조차 없다니, 그럴 순 없었다.

그녀는 광기狂氣에 빠져들었다.

두 명의 간호사가 스물네 시간 교대로 그녀를 돌보았다.

그녀 자신으로부터 그녀를 보호하기 위해서.

나중에 프란치스카를 위해서 그랬던 것처럼.

그녀가 맨 처음 자살을 시도한 직후에 말이다.

그렇게 역사는 반복될 것이었다.
끊임없이 반복될 것이었다, 죽음의 후렴처럼.

할머니는 너무도 어려웠던 그 때를 회상한다.
자신의 어머니를 불철주야 지켜봐야 했던 시절을.
어머니를 진정시키기 위해 가끔씩 말을 걸었다.
그것이 어머니를 부드럽게 해주는 것 같았다.
하지만 어쩔 수 없이 다시금 아들을 떠올리는 어머니.
어머니는 아들이 선원이라고 했다.
그 때문에 아들을 자주 볼 수 없는 거라고.
그러다 느닷없이 눈앞에 불쑥 모습을 드러내는 현실.
가차 없이 날카로운 진실의 아픔.
그러면 그녀는 몇 시간이고 통곡했다.
팔 년간 그렇게 초췌해진 영혼으로, 어머닌 마침내 굴복한다.
어쩌면 이 가족, 이젠 약간의 평온을 되찾을지도…

하지만 샬로테의 할머니에겐 그걸로 끝이 아니었다.
엄마를 묻고 오래지않아 여동생이 목숨을 끊었다.
예측할 수도 없거니와 도무지 이해할 수 없었다.
열여덟 나이의 여동생은 한밤중에 일어났다.
그리고는 얼음 같이 차가운 물에 몸을 던졌다.
훗날 첫 번째 샬로테가 죽었던 것과 꼭 같이.
그렇게 역사는 반복될 것이었다.

끊임없이 반복될 것이었다, 죽음의 후렴처럼.

할머니는 여동생의 죽음에 온몸이 굳어버렸다.
닥쳐올 비극을 전혀 보지 못했다, 자신도, 어느 누구도.
한시바삐 달아나야 했다.
결혼이 가장 훌륭한 선택이었다.
그리하여 그룬발트 집안사람이 되었다.
그리고 오래지 않아 두 딸을 가졌던 것이다.

몇 해가 흘렀다, 이상하리만치 행복한 몇 해가.
그러나 어둠의 발걸음은 다시 다가왔다.
남동생의 하나뿐인 딸이 스스로 목숨을 끊은 것.
그러더니 다음엔 아빠, 그 다음엔 고모의 차례였다.
그렇게 탈출구는 없을 터였다, 절대로.
병적인 격세유전은 너무도 강력했다.
질병이 물어뜯은 족보의 뿌리들.

그럼에도 자신의 딸들이 오염되리라고는 생각도 못했다.
딸들의 행복한 어린 시절, 어찌 그걸 상상이나 했겠는가?
어느 모로 봐도 딸들은 보통 애들처럼 돌아다녔다.
깡충깡충 뛰고, 춤추고, 깔깔 웃었다.
도저히 생각할 수도 없는 노릇이었다.
샬로테, 그리곤 프란치스카까지.

할머니는 방에 틀어박혀 딸들의 죽음을 비통해한다.

파울라의 편지는 무릎 위에 놓인 채로.

눈물에 젖어 뭉개진 단어들, 형체마저 뒤틀린다.

그리고, 아, 파울라의 말이 옳다면?

무엇보다 이 여자는 천사처럼 노래하지 않는가.

그래, 이 여자의 말은 진실이야.

내 주변의 모든 사람들이 죽어가고 있어.

어쩜 모두 내 탓인지도 몰라.

그러니 정신을 바짝 차려야 해.

샬로테를 보호해야 해.

샬로테를 만나지 않을 거야, 그게 더 좋다면.

여기서 자게 하는 일도 이젠 없을 거야.

중요한 건 그거야.

샬로테는 반드시 살아야 해.

하지만 그건 과연 가능한 일일까?

제 3 부

01

이제 샬로테는 열여섯 살의 아가씨.
진지한 성격의 그녀, 학업 성적은 탁월하다.
하지만 신비에 쌓여 있단 소리도 간혹 듣는다.
새엄마는 무엇보다 샬로테가 건방지다고 본다.
두 사람은 더 이상 사이가 그리 좋지 않다.
알베어트는 여전히 자신의 의학 연구에 사로잡혀 있다.
그래서 샬로테와 새엄마 둘이서만 지내는 날이 많다.
서로 신경을 건드리자면 그보다 더 나은 방법이 어딨어?
샬로테는 점점 더 소외되는 느낌이다.
파울라에게 아첨을 떨지만, 파울라는 그걸 견디지 못한다.

하지만 새엄마의 노래는 아무리 들어도 질리지 않는다.
베를린에서 열리는 콘서트엔 빠짐없이 참석한다.

맨 처음과 똑같은 감동을 느끼면서.

파울라는 살아 있는 가장 위대한 오페라 가수니까.

사람들은 그녀의 노래를 들으려고 언제나 안달이다.

마침 카르멘을 탁월한 버전으로 막 녹음한 터였다.

그날 저녁 샬로테는 첫 번째 줄에 앉아 있다.

새엄마는 오래오래 음을 끈다.

이날 콘서트의 마지막 노래다.

청중은 숨을 멈춘다.

그녀의 소리가 섬세하게 사라져간다.

또 한 번의 승리, 기립박수, 이보다 더 할 순 없다.

여기저기 터져 나오는 소리, 브라보!

샬로테는 무대를 가득 메운 꽃다발을 쳐다본다.

곧 그들의 살롱을 장식할 꽃다발.

온통 붉은 색이다.

그리고 바로 이 붉음의 한가운데서 불협화음이 나타난다.

처음엔 샬로테도 뭐가 뭔지 알 수 없다.

다소 기이하지만 감탄과 존경의 표현일 거야, 아마도.

요란하고 거친 외침, 귀를 찢는 호루라기 소리.

아니, 아니야, 그게 아니야.

이건 위에서 들리는 소리야.

뭐가 뭔지 아직은 잘 구분이 되지 않는다.

콘서트홀엔 아직 불이 들어오지 않았다.

소란은 점점 더 심해진다.

이제 야유의 소리는 박수갈채를 뒤덮어버린다.

파울라는 사태를 깨닫고 무대 뒤로 황급히 달려간다.

그녀는 이 소리를 듣고 싶지 않다.

그녀는 증오를 듣고 싶지 않다.

사람들은 공포와 모욕의 소리를 내지른다.

파울라에게 집으로 돌아가라고 말한다.

여기서 다시는 당신의 노래를 듣고 싶지 않다고!

샬로테는 온몸을 떨며 새엄마를 찾는다.

엄청난 충격을 받았겠지, 그렇게 생각한다.

하지만, 아니, 새엄마는 거울 앞에 우뚝 서 있다.

강인한 듯, 거의 흔들 수 없을 듯 보인다.

도리어 새엄마가 샬로테를 안심시킨다.

괜찮아… 세상이 이런 거야, 이런 식이라고…

그러나 그녀의 목소리는 왠지 거짓으로 들린다.

그 태연함은 그녀의 불안을 제대로 숨겨주지 못한다.

집으로 돌아오니 알베어트는 아직 깨어 있다.

그날 저녁 있었던 일을 이야기해주니 몹시 놀란다.

두 사람이 설명해준 장면에 속이 뒤집힐 것만 같다.

정말이지 더 참을 수 없는 지경이 되고 있다.

어떤 친구들은 독일을 떠날 것이다.

그들에게도 그렇게 하라고 재촉하는 이들이 있다.

미국에 가도 파울라는 노래할 수 있을 거요.

알베어트도 거기서 일을 찾기는 쉬울 것이고.

안 돼, 그는 단호하다.

그딴 이야기는 꺼내지도 마.

여기가 우리 땅, 우리 조국이니까.

독일에 있어야 해.

증오는 없어질 거라고 말하다니, 낙관주의자[3]임에 틀림없다.

02

1933년 1월, 그 증오는 권력을 잡게 된다.

파울라는 더 이상 대중 앞에서 노래할 수가 없다.

알베어트에게도 마찬가지로 직업의 몰락이 뒤따른다.

이제 유대인은 의술을 펼쳐도 대가를 받을 수 없다.

그리고는 교사자격증까지 반납하게 된다.

이제 막 중요한 발견을 성취한 그가 말이다.

폭력은 일상이 되고 저들은 책을 불태운다.

---

3 빌리 와일더(Billy Wilder)는 이렇게 말했다. "비관주의자들은 결국 할리우드로 왔고, 낙관주의자들은 결국 아우슈비츠로 내몰렸다."

저녁이면 잘로몬 저택에 사람들이 모인다.

예술가들, 지성인들, 의사들.

더러는 고집스럽게 믿는다, 이 사태도 끝날 거라고.

그것이 위기의 논리적인 결말이니까.

언제든 한 나라의 불행을 책임지는 사람이 필요한 법.

샬로테는 '쓸려 없어질' 자들의 토론을 보고 있다.

쿠어트 징어, 그 역시 거기에 있다.

그는 막 베를린 오페라 관장 직에서 해고당한 터.

영향력과 카리스마 때문에 그는 앞장설 수밖에 없다.

그는 나치를 설득하기 시작한다.

해고된 예술가들의 명분을 옹호한다.

독일 내 유대인들의 문화단체 설립을 제안한다.

그를 접견한 나치 담당자는 망설인다.

거부해야 마땅하지만, 그를 경탄하지 않을 수 없다.

둘 사이에 약간 침묵의 시간이 흐른다.

무엇이든 일어날 수 있는 시간이.

예술가들의 확실한 죽음이거나, 아니면 그들의 생존.

이 막강한 관리는 무엇이든 금지시킬 수 있다.

하지만 지금 당장은 입을 닫고 있는 그.

그는 상대의 눈을 똑바로 쳐다본다.

관자놀이에 맺힐 수밖에 없는 땀방울을 애써 숨긴다.

각자의 미래가 거기 달려 있다.

오랜 고민 끝에 나치 당원은 서류를 한 장 꺼낸다.

그는 유대인협회의 설립을 승인해준다.

징어는 머리를 조아리고 넘쳐흐르게 감사를 표한다.

고맙습니다, 정말 고맙습니다!

예술인들의 영웅은 갈채를 받는다.

이 승리를 축하하기 위해 성대한 파티를 연다.

당장은 죽지 않아도 되는 기쁨이라니!

가수, 배우, 무용수, 교수, 안도의 한숨을 내쉰다.

무대에 선다는 것, 그것이 바로 사는 것.

파울라 역시 침묵을 강요당하지 않을 터.

그녀는 다시 독창회를 열 수 있을 것이다.

유대인들의 극장에서 유대인 청중을 위해.

그것은 유대인 게토 버전의 문화.

이런 체제는 몇 해 동안 지속될 것이다.

조금씩 틀에 박히고, 통제되고, 질식당하면서.

1938년 쿠어트 징어는 미국에 사는 동생을 만나러 떠난다.

그가 없는 새 '크리스탈나흐트'의 비극이 벌어질 것이다.

유대인들의 재산은 파괴되고 수십 명이 살해된다.

쿠어트의 동생은 그에게 미국을 떠나지 말라고 애원한다.

오빠에겐 다시 못 올 기회잖아?

고개를 쳐드는 재앙의 손아귀에서 벗어날 수 있을 거야!

대학교에서 강의할 자리를 제안하는 이도 있다.

그러나 안 돼!

그는 고국으로 돌아가고 싶어 안달이다.

구할 수 있는 게 있다면 구해야지, 그렇게 말하면서.

유럽에 돌아온 그는 로테르담을 거치게 된다.

이번엔 친구들이 로테르담을 떠나지 말라고 만류한다.

유대인문화협회는 어쨌거나 해체돼버렸다네.

지금, 1938년에 다시 독일로 돌아간다는 건 자살행위일세.

결국 그는 뜻을 굽히고 네덜란드에 정착한다.

그는 새로이 음악과 예술을 통한 저항을 시도한다.

그는 콘서트를 개최한다.

하지만 거기서도 올가미는 죄어든다.

달아날 수도 있었던 기회가 얼마나 많았던가!

하지만 그는 친지들 곁에 있고 싶다.

타인들의 나약함을 지키는 상상의 성벽.

징어는 그처럼 용감한 사나이다.

사진 속 봉두난발蓬頭亂髮의 그는 힘에 넘친다.

그는 1942년 테레진 수용소로 강제 추방된다.

예술가들과 지식인들이 억류되어 있는 곳.

모범으로 알려진 수용소다.

적십자 대표들을 위한 쇼윈도인 셈.

장식 뒤에 감춰진 것은 못 보는 눈 먼 이 방문객들.

아무런 문제가 없다는 표시로 그들을 위해 준비된 쇼.

그럼에도 징어는 연주를 계속한다.

팔을 들어 지휘봉으로 악단을 이끈다.

오케스트라의 생존자들.

달이 바뀌면서 단원들은 침묵 속으로 빠져든다.

그리고는 아무도 모르게 죽어간다.

결국 징어에게 남은 건 말라비틀어진 두 바이올리니스트뿐.

죽어가는 그들의 삶을 정당화하려고 끝까지 멈추지 않는다.

이젠 아무도, 그를 빼고는 어느 누구도, 그걸 믿지 않는데.

1944년 1월 탈진하여 고꾸라지는 그 날까지.

그건 장렬한 전사.

03

1933년으로 돌아가자.

샬로테는 증오가 일시적일 수 있음을 더는 믿지 않는다.

이건 몇몇 괴짜들의 문제가 아니라 한 나라 전체의 문제다.

폭력에 굶주린 무리가 이 나라를 움직이고 있다.

4월 초 유대인의 상품에 대한 거부운동이 일어난다.

샬로테는 거리의 시위대며 점포의 약탈을 목격한다.

이런 글도 눈에 띈다; 유대인에게서 물건을 사는 놈은 돼지!

광란으로 구호를 외쳐댄다.

샬로테가 느끼는 공포를 상상이나 할 수 있을까?

끊임없이 치욕적인 조치가 새로이 발표된다.

학교에선 조부모의 출생증명서를 요구한다.

조상이 유대계였음을 이제야 알게 되는 학생도 더러 있다.

이제 그들은 한 순간에 추방자의 대열로 들어갈지 모른다.

나쁜 피.

어떤 엄마들은 딸들이 유대인과 어울리는 걸 금한다.

그러다 들키기라도 하면?

다른 사람들이 분개하겠지.

힘을 합쳐서 나치와 싸워야지요, 그녀들은 항의한다.

하지만 그걸 입 밖에 낸다는 건 위험천만!

그래서 그런 목소리는 점점 힘을 잃어간다.

그리고는 마침내 침묵으로 변한다.

가능한 한 딸을 안심시키려 애쓰는 알베어트.

그러나 타인의 증오를 무디게 해주는 말이 어디 있겠는가?

샬로테는 한층 더 자신의 세계로 침잠한다.

쉬지 않고 책을 읽으며, 꿈과는 더 멀어진다.

그녀의 삶에 그림이 들어온 것은 바로 이 시기다.

르네상스의 열정이 자신의 시대를 벗어나게 해준 것이다.

04

샬로테의 조부모는 여름이면 자주 여행을 떠난다.
올해는 이탈리아로 기나긴 예술여행을 감행한다.
그리고 손녀딸을 데리고 가고 싶어 한다.
과거의 일로 인해 불안감은 있지만 부모는 주저하지 않는다.
이 어두운 구렁텅이에서 멀어지면 행복할 테니까.

샬로테에게 이 여행은 대단히 중요할 터.
할머니 할아버지는 고대문명에 심취해 있다.
유물처럼 보이는 거라면 뭐든 사족을 못 쓴다.
특히 미라에 대해선 유별나게 매혹당하고 만다.
그리고 회화작품에 대해서도 물론이고.
샬로테는 차곡차곡 지식을 쌓아간다.
그리고 새로운 지평을 발견한다.
몇몇 그림 앞에서 그녀의 심장은 사랑에 빠진 듯 쿵쾅거린다.
이 1933년의 여름, 정녕 샬로테의 또렷한 깨달음이 탄생한다.

한 예술가의 궤적에는 어떤 선명한 순간이 존재한다.
자신의 목소리가 주장하기 시작하는 그 순간이.
그 강렬한 밀도가 그녀 안에 퍼진다, 물속의 핏방울처럼.

이 여행에서 샬로테는 엄마에 관한 질문을 던진다.

엄마의 존재에 관한 기억은 해가 지나면서 흐려지고 말았다.

그 기억은 이제 한낱 아스라한 감각, 혹은 모호한 감정일 뿐.

엄마의 목소리, 엄마의 냄새를 잊어버린 게 괴롭다.

할머니는 이 주제를 회피한다, 너무도 뼈아프기에.

샬로테는 이해한다, 아무 것도 안 묻는 편이 차라리 낫다는 걸.

엄마의 여정은 침묵 속에서 계속되고 있다.

엄마의 죽음의 원인은 딸에겐 여전히 비밀로 붙여져 있다.

할아버지는 미술작품에서 애써 위안을 얻는다.

그림은 그에게 낙관의 부조리를 선사한다.

유럽은 다시 살육의 어리석음으로 빠져들지 않을 거야.

폐허를 찾아다니면서 그가 하는 말이다.

고대문명의 힘이 있어 마음이 놓이거든!

그리고는 그런 이론에 과장된 몸짓을 곁들인다.

할머니는, 남편의 영원한 그림자인 할머니는, 그를 따른다.

통 어울리지 않는 이 커플을 보며 샬로테는 슬며시 웃는다.

두 사람은 너무 늙어 보인다.

할아버지는 기다란 흰 수염을 뽐낸다, 사도들의 수염을.

지팡이로 거동하긴 하지만, 그래도 여전히 건장하다.

하지만 할머니는 갈수록 뼈만 앙상하다.

서 있는 것도 기적이고, 그 비결은 할머니만 알고 있을 뿐.

쉬는 법도 없이 두 노인은 화랑 순례를 계속한다.

제발 좀 쉬자고 애원하는 쪽은 오히려 샬로테다.

몰아붙이는 페이스에 녹초가 되어버린 샬로테.

두 노인은 박물관마다 전시된 걸 몽땅 다 보려 한다.

하지만 샬로테는 이런 폭식이 때론 아무 소용없다는 생각.

하나의 작품을 지긋이 관찰하는 편이 더 나을 텐데.

오직 그 작품에만 주의를 집중해야 하잖아.

하나의 그림을 완벽히 이해하는 게 더 낫지 않을까?

시선을 분산해 결국 그걸 놓치는 것보다 말이야.

샬로테는 그처럼 어딘가에 차분히 앉아 있고 싶다.

더 이상 보이지도 않는 걸 찾아다닐 필요 없이.

05

독일로 돌아오는 건 괴로운 노릇이다.

경이로움 속에서 보낸 여름, 그 후의 현실은 그들을 억누른다.

똑바로 마주봐야 할 이 현실.

그리하여 할머니 할아버지는 끝내 고국을 버리기로 결심한다.

영원히 돌아오지 못하리란 것에는 의심의 여지가 없다.

그들의 추방이 확정적이라는 것에는.

스페인을 방문했을 때, 그들은 어떤 미국 부인을 만났었다.

독일 출신의 이 오틸리 무어 부인은 얼마 전 남편과 사별했다.

그리곤 엄청난 유산을 상속받게 된다.

그녀는 남프랑스에 거대한 저택을 소유하고 있다.

거기에 온갖 피난민들, 특히 아이들을 받아들인다.

베를린을 방문한 길에, 그녀는 만연한 폭력을 목격한다.

그리고 샬로테의 조부모에게 와서 지내라고 제안한다.

얼마든지 오래 있어도 돼요, 그렇게 덧붙인다.

그녀는 두 사람의 박학다식과 유머를 높이 산다.

거기라면 두 사람은 닥쳐올 재앙으로부터 안전할 터.

오래 망설인 끝에 두 사람은 호의를 받아들인다.

빌프랑시-쉬르-메르의 저택은 낙원의 한 모퉁이.

정원은 장려壯麗하고 이국적이기까지 하다.

거기엔 올리브, 종려, 삼나무가 울창하다.

오틸리는 명랑하고 미소를 잃지 않아 활기에 넘친다.

샬로테는 엄마 아빠랑 베를린에 남는다.

학교로 돌아가지만, 거기선 모욕이 끊이지 않는다.

결국 어느 날 발표된 법으로 더는 공부를 할 수 없게 된다.

졸업을 한 해 앞두고 포기할 수밖에 없다.

*태도는 흠잡을 데 없음*이란 성적표를 들고 원점에 선다.

파울라와 함께 샬로테는 아파트에 틀어박혀 산다.

서로 의지하기는커녕 둘은 이제 서로를 이해하지 못한다.

샬로테는 세상으로부터의 소외를 새엄마 탓으로 돌린다.
새엄마는 샬로테가 소리 지를 수 있는 유일한 사람.

좀 더 평온한 날들도 있다.
그럴 때면 두 사람은 미래를 그려본다.
샬로테는 더 많은 그림을 그리며, 예술대학교[4]를 꿈꾼다.
어떨 땐 대학교 바로 앞까지 걸어가기도 한다.
각자 화첩을 들고 나오는 학생들을 물끄러미 바라본다.
그런 다음, 샬로테는 고개를 치켜든다.
건물 꼭대기에 거대한 나치 깃발이 펄럭인다.

아빠는 예술대학교 입학이 간단치 않을 거라고 한다.
그들이 받아주는 유대인 학생은 고작 1%밖에 안 되니까.
차라리 의상디자인학교에 들어가라고 샬로테를 압박한다.
거기라면 유대인들도 용인되거든.
디자인도 마찬가지로 예술이잖아.
옷을 창조할 수 있을 테니까.
내키지 않는 맘으로 샬로테는 그의 말을 따른다.
무엇보다 어떻게 살아야 할지 스스로 결정하기를 포기한 것.
그러나 디자인학교에선 멍하니 겨우 하루를 견뎌낼 뿐이다.
오히려 그 몇 시간이 샬로테의 소명을 확고히 해준다.

---

4   여기서는 베를린예술대학교(Universität der Künste Berlin)를 가리킨다. _ 옮긴이

나는 그림을 그리고 싶어!

그녀가 그린 최초의 그림들에선 희망이 보인다, 사실이다.
알베어트는 딸에게 개인교습을 시키기로 결심한다.
정말 중요한 건 기초를 잘 다지는 거야, 그렇게 말하면서.
맞다, 미래를 위해선 그게 정말 중요하다.

06

허나 막상 개인교습을 시켜보니 한심하기 짝이 없다.
과외선생은 회화가 1650년에 죽었다고 생각하는 것 같다.
언제나 갑갑한 베이지색 양복에 갇힌 여자.
삼중초점안경으로 개구리 같이 보이는 여자.
그래도 샬로테는 고분고분 따르기 위해 애를 쓴다.
어쨌거나 아빠로선 날 위해 금전적인 희생을 감수했잖아.
하지만 따분하기가 이루 말할 수 없다.
개구리 선생은 선인장을 그려보라고 한다.
그리곤 샬로테의 데생을 몇 번씩이나 여지없이 지워버린다.
가시 숫자가 정확하지 않잖니!
이거야 사진이지, 무슨 그림 그리기란 말인가.
샬로테는 여러 주일에 걸쳐 여러 장의 정물화를 그린다.

독일어로는 정물화를 *슈틸레벤*[5], 즉, 침묵의 삶이라 한다.

침묵의 삶, 이 표현이야말로 샬로테에게 정말 잘 어울린다.

샬로테는 자신의 느낌을 나타낼 길이 없다.

그럼에도 그녀의 그림은 점점 더 나아진다.

학습된 아카데미즘과 모던 스타일 사이의 길을 찾아낸다.

반 고흐에 깊이 경탄하고 샤갈을 발견한다.

에밀 놀데[6]의 이런 글을 막 읽고 그를 존경해마지 않는다.

"나는 스스로 그려진 것만 같은 그림이 너무나 좋다."

그 외에도 물론 뭉크가 있고, 코코슈카[7]와 베크만[8]도 있다.

이제 그림보다 중요한 건 없어, 그건 하나의 집착이 되었다.

무슨 대가를 치르더라도 예술대학교에 들어가려 한다.

샬로테는 치열하게 준비한다.

그녀 내면의 악마가 진군하고 있다.

아빠와 파울라는 그 열정에 불편한 속도가 붙었음을 짐작한다.

그러나 그건 오히려 하나의 기쁨!

그처럼 길을 잃어 헤매던 샬로테가 길을 찾았으니까.

---

5   Stilleben 또는 Stillleben으로 표기되는 독일어로 영어의 still life, 즉, 정물화를 가리킨다. _ 옮긴이

6   Emil Nolde ; 20세기의 탁월한 수채화가로 손꼽히는 독일 출신의 화가. 독일과 덴마크의 국경지대인 놀데에서 태어난 그는 본래의 성인 Hansen을 버리고 Nolde를 성으로 사용했다. _ 옮긴이

7   Oskar Kokoschka ; 오스트리아의 표현주의 화가로, 클림트에게 깊은 영향을 받고 후일 빈에서 격렬하게 일어났던 표현주의 운동을 이끌었다. _ 옮긴이

8   Max Beckmann ; "인간은 1등급 돼지이며, 앞으로도 그럴 것이다."라는 말로 유명한 독일의 신 객관주의 화가. 20세기 독일 화단을 대표한다. _ 옮긴이

마침내 샬로테는 예술대학교에 자신의 작품집을 제출한다.

루트비히 바트닝 교수가 그녀의 스타일에 매료된다.

이 응시자에게서 강렬한 잠재력을 감지한 것.

그는 샬로테를 아카데미에 입학시켜야 한다고 주장한다.

하지만 유대인을 받아들이는 사례는 너무도 드물다.

단 하나 유리한 게 있다면, 아버지가 참전용사라는 점.

어디든 하늘이 무너져도 솟아날 구멍은 있는 법인가.

결국 아무런 결정도 내려지지 않는다.

위원회에 샬로테의 작품을 제출해야 한다.

루트비히는 이 젊은 예술가를 만나보고 싶다.

그는 인종차별의 법에 항의의 목소리를 내는 자애로운 사람.

샬로테는 그가 총애하는 제자가 될 것이다.

글쎄, 그녀에게서 자신이 갖지 못한 무언가를 본 것일까?

루트비히, 그는 꽃을 그린다.

우아한 꽃들을.

우아하지만 합당한 냄새를 풍기는 꽃들을.

입학사정위원회가 열리는 날, 손에 잡힐 듯 팽배한 긴장.

샬로테의 재능은 부인하려야 할 수 없다.

그렇다고 기존체제의 한가운데를 파고드는 건 있을 수 없다.

그건 너무나도 위험천만이요.

도대체 뭐가 위험하다는 거요, 바트닝은 분노를 터뜨린다.

아리안의 청년들에게 위협이 될 수 있기 때문이지요.

이 유대인 처녀는 사람을 유혹하는 데다, 변태적이요.

바트닝은 반박한다, 내가 그 처녀를 만나봤소.

약속하리다, 샬로테는 학생들에게 아무런 위험도 안 될 거요.

그녀는 대단히 내성적이기까지 하단 말입니다.

그렇게 그들은 샬로테가 야기할 수 있는 위협을 분석한다.

단 한 순간도 그녀의 재능을 언급하는 일은 없다.

루트비히 바트닝의 집요함은 마침내 승리를 거둔다.

참으로 독특한 사건이다.

도처에서 거부당했던 샬로테 잘로몬을 받아들이다니.

이제 샬로테는 베를린예술대학교에서 공부하게 될 것이다.

07

폭식자의 행복감을 안고 그녀는 작업에 뛰어든다.

교수들은 그녀의 철저함과 창의성을 알아본다.

그들은 때로 그녀의 과묵을 꾸짖는다.

그들이 원하는 것을 알아야 하는데.

저들은 그녀에게 타인들과의 대화를 피하고 조심하라고 한다.

그렇지만 샬로테는 친구를 사귄다.

아름다운 금발의 바바라, 뼛속까지 아리안 처녀다.

난 너무 예뻐, 하일 히틀러! 바바라는 외친다.

저녁이면 둘은 함께 하교하는 것이 너무나 즐겁다.

샬로테는 이 친구의 자신만만함에 귀 기울인다.

바바라는 남자친구 이야기를 들려준다.

그녀의 삶은 환상적일 것 같다.

아, 약간만이라도 좋으니 나도 바바라일 수 있다면!

예술대학교에서도 예술의 자유는 조금씩 억압받는다.

교수들도 더욱 엄격해진 제약에 굴복한다.

나치는 붓까지도 통제하기로 결정한 것이다.

민병대가 복도에까지 들이닥치는 일도 더러 있다.

그들은 거기에서 데카당스의 향기를 맡으려 든다.

요컨대 현대미술은 뿌리를 뽑아야 한다는 것이다.

그러니 금발의 농부 외에 감히 무얼 그릴 수 있단 말인가?

운동선수들의 영광, 그 힘과 그 정력을 드러내 보여야 한다.

베크만의 환각에 빠진, 구부정한, 찢어진 육신은 절대 금물!

타락한 예술의 정수인 이 화가, 얼마나 끔찍한가!

독일의 천재 베크만은 1937년 망명을 결심한다.

뮌헨에서 히틀러의 연설을 들은 직후다.

예술의 집[9] 개막식에서 히틀러는 이렇게 말한다:

---

9 Haus der Kunst ; 흔히 '하우스 데어 쿤스트'로 알려진 미술관으로 히틀러의 지시로 건설되었다. _ 옮긴이

《국가사회당이 집권하기 이전까지…

독일에는 소위 현대미술이란 것밖에 없었다.

해마다 새로운 현대미술뿐이었다!

우리는 이제 영원한 가치를 지닌 독일 예술을 원한다!

예술이란 시간, 한 시대, 한 스타일, 한 해 위에 세워지지 않는다.

예술은 오로지 한 민족을 기반으로 한다.

그런데 당신들은 무엇을 만들고 있는가?

비뚤어진 불구자들, 그리고 백치들.

기껏 역겨움만 유발시킬 뿐인 여자들.

인간이라기보다는 짐승에 더 가까운 남자들.

그리고 아이들, 그와 비슷한 게 존재한다면 말이지만…

영락없이 신의 저주로 간주될 아이들.》

그렇게 정의된 타락한 예술이 거창한 회고전의 중심에 있다.

좋아해서는 안 될 것을 보여주려는 것이다.

보는 눈을 교육시키고, 취향의 틀을 잡아주어야 하니까.

그리고 무엇보다 이 퇴폐의 책임자를 지목하려는 것이다.

샤갈과 에른스트와 오토 딕스[10]를 기리는 곳이 생긴다.

하지만 유대인의 예술에 구역질을 내는 무리도 있다.

책을 불태운 다음, 그림에 침을 뱉는다.

그 작품들 가운데 아이들의 낙서가 보인다.

혹은 지적장애인들이 그린 그림들이.

---

10 Max Ernst 및 Otto Dix는 모두 20세기 초에 활동한 독일의 화가들 _ 옮긴이

그렇게 현대미술의 처형이 연출된다.

08

샬로테는 경멸받는 예술가들의 곁에 자리 잡는다.
그녀는 그림의 진화에 관한 최근의 이론에 흥미를 느낀다.
그녀는 예술사가 아비 바부어크[11]의 책을 갖고 있다.
내가 이 정보를 발견했을 때, 모든 것이 분명해졌다.

샬로테를 알기 전에 난 이미 아비 바부어크를 열렬히 좋아했다.
1998년 나는 *리베라시옹*에 실린 기사를 읽었었다.
제목은 "바부어크, 구출 작전…"
글을 쓴 로베르 마지오리는 *신화적인 장서*藏書를 언급했다.
'장서'라는 단어가 나를 사로잡았다.
나도 그런 걸 찾고 있는데, 그게 통 머릿속을 떠날 줄 모른다.
그것은 유년기의 환상, 귀신처럼 따라다니는 환상이다.
그것은 전생으로부터 온 환상일까?

아비 바부어크, 그 이름의 무언가가 내 맘을 잡아끈다.

---

11 Aby Warburg ; 독일 함부르크 출신의 예술사가 겸 문화이론가 _ 옮긴이

그래서 난 이 기이한 인물에 관해 모든 걸 찾아 읽었다.

엄청난 부를 상속받은 그는 동생들에게 전 재산을 양도한다.

조건은 단 하나, 그가 원하는 책을 그들이 모두 사준다는 것.

그렇게 바부어크는 전례 없는 애서가愛書家 컬렉션의 원조다.

그는 책을 정리하는 여러 가지 이론도 지니고 있다.

특히 "좋은 이웃의 법칙"이란 이론이 두드러진다.

사람들이 찾는 책은 반드시 읽어야 할 책은 아니란 얘기다.

옆에 있는 책을 보기만 해도 알 수 있지 않은가.

그는 황홀한 기쁨에 휩싸여 몇 시간이고 책 사이를 걷는다.

치매의 징후가 오락가락할 땐 나비한테 말을 걸기도 한다.

그뿐인가, 정신병원에 여러 번 수용되기도 할 터.

하지만 그는 모든 의사들을 불러 모은다.

그리고는 자신이 미치지 않았음을 증명하고자 한다.

내가 여러분에게 그걸 증명하면, 날 내보내주시오!

1929년 그가 죽은 다음, 그의 작업은 추종자들이 계속한다.

거기 앞장선 사람들 가운데 에언스트 카시러[12]가 있다.

위험을 예감한 그들은 장서를 구하기로 결정한다.

그들은 1933년 나치를 벗어난 장서들을 런던으로 옮긴다.

장서는 지금도 거기, 워번 스퀘어[13]에 있다.

---

12 Ernst Cassirer : (흔히 '에른스트'로 표기됨) 신칸트학파의 분파인 마부어크(Marburg; 흔히 '마르부르크'로 표기됨) 학파로 분류되는 유대계 독일 철학자 _ 옮긴이

13 Bloomsbury에 있는 7개의 광장 가운데 가장 작은 것으로 런던대학교 소유이다. _ 옮긴이

내가 여러 차례 방문했던 그 곳이다.

2004년 7월 나는 문학기행을 위한 장학금을 탔다.

그 프로젝트는 "*미션 스탕달*"이라 불리었다.

나는 함부르크로 가서 바부어크의 생가를 방문해야 했다.

그에 대해선 책을 쓰고 싶었다, 당연히.

하지만 현실에의 혼란을 맞닥뜨리고도 싶었다.

그에 대한 생각을 멈출 수 없었기에.

그의 개성, 그의 시대, 추방된 장서의 이야기를 말이다.

장차 그에 대한 계시를 얻으리라는 확신으로, 나는 떠났다.

그러나 아무 일도 일어나지 않았다.

정확하게 난 무엇을 기다리고 있었나?

내가 무엇을 찾아 왔는지조차 더 이상 알 수 없었다.

나는 점점 더 독일에 매료되었다.

그리고 독일어에 사로잡혔다.

캐슬린 페리어[14]가 부르는 리트[15]를 들었다.

내가 쓴 소설에는 등장인물이 독어를 사용하는 경우가 많다.

여주인공이 독일어를 가르치거나 번역하는 소설도 더러 있다.

나는 이 희미한 직관에 기댄 채 돌아다녔다.

---

14 Kathleen Ferrier : 영국 랭커셔 출신의 알토 가수. 전화교환원으로 일하다가 결혼 후에야 성악을 공부했지만, 〈루크레티아의 능욕〉 초연에 발탁되어 새로운 세대의 알토로 명성을 떨쳤다. _ 옮긴이

15 Lied (복수 Lieder) : 음악과 시의 이상적인 융합을 도모한 독일의 예술가곡으로 슈베르트, 슈만, 브람스 등에 의해서 개척되었다. _ 옮긴이

내가 사랑했던 예술가는 모두 게르만적이었다.

디자이너들조차 그랬으니, 더 말할 필요가 있는가.

그곳의 가구에는 눈곱만치도 관심이 없다.

난 바우하우스 양식의 책상을 열렬히 사랑하기 시작했다.

단지 그런 책상을 볼 셈으로 콘란 숍[16]을 찾기도 했다.

다른 사람들이 신발을 신어보듯 나는 서랍을 열어봤다.

그리고 베를린, 아, 나는 베를린에 빠져버렸다.

자비니플라츠의 카페 테라스에 몇 시간이고 앉아 있었다.

혹은 이 동네 도서관에서 예술서적을 훑어보았다.

사람들은 베를린에 매료되는 게 유행이라고 했다.

옳은 말이다, 누구나 베를린을 좋아하지.

내 주위에도 베를린에서 살고 싶은 사람들은 흔해빠졌다.

하지만 난 그때 단지 유행을 따를 기분은 아니었다.

오히려 난 나이도 지긋했고 시대에 뒤떨어졌던 걸!

그리고 나는 샬로테의 작품을 발견했다.

전혀 뜻밖의 일이었다.

가서 무엇을 보게 될지도 모르는 상태였다.

박물관에서 일하는 친구랑 점심을 하게 되어 있었다.

친구가 말했다, 너 이 전시회는 꼭 가봐야 할 것 같아.

---

16 The Conran Shop : 런던을 시작으로 전 세계에 펴져 있는 고급 실내장식 전문상점. 역시 실
  내장식 전문점으로 잘 알려진 Habitat을 만들었던 Terence Conran에 의해 창설되었다. _ 옮
  긴이

단지 그렇게 말했을 뿐이다.

어쩌면 이렇게 덧붙였을지도; 틀림없이 맘에 들 거야.

글쎄, 잘 모르겠다, 그렇게 말했는지.

어쨌거나 미리 계획한 건 아무 것도 없었다.

친구가 날 전시회장으로 안내했다.

그리고 그건, 아, 즉각적인 깨달음이었다.

내가 찾고 있던 걸 마침내 발견했다는 그 느낌.

날 매료시킨 것의 예기치 못한 대단원.

나의 오랜 방황이 제대로 날 인도한 것이다.

삶인가? 아니면 연극인가?[17]를 발견하는 순간 그걸 알았다.

내가 사랑했던 바로 그 모든 것들.

여러 해 동안 나를 괴롭혔던 모든 것들.

바부어크, 그리고 그림들.

독일의 작가들.

그 음악과 그 환상.

그 절망과 그 광기狂氣.

그 모든 것이 거기 있었다.

펄떡펄떡 살아 숨 쉬는 눈부신 색채 속에.

---

17 이 소설의 주인공 샬로테 잘로몬의 대표작으로 일련의 구아슈 작품들이다. 독일어 원제는
    Leben? oder Theater? Ein Singespiel로 되어 있으며, 시와 음악과 비주얼 아트를 아우르는
    총체적 예술작품을 꿈꾸던 바그너적인 야망의 소산으로, 그녀 자신의 삶, 사랑, 좌절, 그리
    고 가족과 친구들의 이야기가 그림 속에 담겨 있다. _ 옮긴이

누군가와의 은밀한 공모共謀.

어떤 장소에 이미 와본 적이 있다는 기이한 느낌.

나는 이 모든 것을 샬로테의 작품과 더불어 가졌다.

앞으로 무얼 발견하게 될지 알 수 있었다.

내 옆에 꼭 붙어 있던 친구가 물었다; 어때, 맘에 들어?

난 대답을 할 수 없었다.

주체할 수 없는 감정으로 말을 할 수 없었다.

친구는 생각했을 거다, 별로 안 좋아하는 모양이군.

비록…

글쎄 모르겠다.

그땐 내가 느낀 바를 어떻게 표현할지 알 수가 없었다.

얼마 전 우연히 조녀선 새프런 포어[18]의 글을 읽게 되었다.

사실 난 이 작가를 잘 알지 못한다.

하지만 그에게 약간은 바보 같은 친근감을 느낀다.

우리 작품이 흔히 서가의 같은 칸에 놓이기 때문이다.

할 수만 있다면 뭐라도 연결고리를 만드는 법이잖아.

'좋은 이웃' 이론의 또 다른 버전.

그는 샬로테의 발견이 그에게 주었던 충격을 이야기한다.

---

18 Jonathan Safran Foer ; 2000년대에 활동 중인 미국 작가들 중 가장 독창적이고 영향력 있
   으며 논쟁적인 작가 중의 한 사람 _ 옮긴이

암스테르담에서 일어난 일이었다.

그 역시 나처럼 우연히 샬로테를 알게 되었다.

그는 그날 있었던 중요한 약속을 떠올린다.

자신의 기억에서 문자 그대로 달아나버렸던 약속을.

나 또한 똑같은 마음상태에 들어 있었다.

그 이상 어떤 것도 중요하지 않았다.

완벽하게 압도당한다는 이 느낌, 너무도 희귀하다.

나는 점령당한 나라였다.

어떤 것도 이 느낌을 건드리지 못한 채 며칠이 지나갔다.

여러 해를 두고 나는 기록해나갔다.

나는 그녀의 작품을 끊임없이 찾아서 봤다.

내 소설 중 몇몇에는 샬로테를 인용하거나 그녀를 회상했다.

이 책을 쓰려고 몇 번이나 시도했는지 모른다.

하지만 어떻게?

내가 책에 등장해야 할까?

그녀의 이야기를 소설로 만들어야 할까?

나의 집착은 어떤 형태를 취해야 할까?

나는 펜을 들고 시도했다가 이내 포기했다.

연이어 두 문장을 쓸 수가 없었던 것이다.

그 때마다 난 꼼짝도 할 수 없다는 느낌이었다.

도무지 앞으로 나갈 수가 없었다.

그것은 물리적인 감각, 어떤 억누름이었다.

나는 절감했다, 숨이라도 쉬려면 다음 줄로 넘어가야 해!

그래서 그것은 이렇게 써야 한다는 걸 나는 깨달았다.

제 4 부

01

샬로테 잘로몬의 삶에서 이제 큼직한 사건이 벌어진다.
이 사건, 그것은 한 남자다.

알프렛 볼프존이 미남인지 어떤지, 사실은 아무도 모른다.
대답 없는 질문과 비슷한 얼굴도 있지 않은가.
어쨌든 시선을 돌릴 수가 없다는 것만큼은 알 수 있다.
그가 있을 때면, 그를 제쳐놓고 다른 걸 볼 수는 없다.

그의 모습이 궁금해 찾아보니, 그는 걸음이 재바르다.
땀을 뻘뻘 흘리며 베를린을 쏘다닌다.
그는 병든 어머니와 일할 수 없는 동생을 돌봐주어야 한다.
하지만 어디서 그런 돈을 구한단 말인가?
성악교수인 그는 더 이상 어떤 역할도 할 권리가 없다.

그에겐 *문화동맹(쿨투어반트)* 외에는 아무 것도 남지 않았다.
쿠어트 징어가 창립한 그 상호부조의 모임 말이다.
이제 그를 도울 수 있는 건 징어 한 사람뿐이다.

마침내 그는 징어의 사무실로 찾아든다, 늘 그렇듯 때늦게.
그리고는 이해할 수 없는 몇 가지 변명을 더듬거린다.
열에 들뜬 것처럼 팔을 휘젓는다.
그의 팔은 지나치게 커다란 망토 속으로 사라진다.
코믹한 그의 등장에도 불구하고, 징어는 웃지 않는다.
알프렛은 결코 예사로운 인물이 아니기 때문이다.
기이하고 변덕스럽지만, 그의 재능은 어마어마하기 때문이다.
그는 가창歌唱의 방법에 관한 새로운 이론을 펼쳤다.
자아의 맨 밑바닥으로 내려가 목소리를 찾아야 한다는 이론.
갓난아이들이 그토록 오래 울 수 있는 것, 어떻게 가능한가?
그러면서 성대聲帶를 다치는 일조차 없이 말이다.
이런 능력의 원천으로 돌아가야 한다는 것이다.
우리 속에 숨겨진 것을 향한 광란의 침잠沈潛.
이 모든 것은 어쩌면 죽음과도 연관돼 있을지 모른다.

알프렛에 매혹된 이들은 그를 돕거나 구해주고 싶어 한다.
생각에 잠긴 징어는 하나의 해결책을 찾아낸다.
프리마돈나 파울라 잘로몬에겐 이제 스승이 없잖은가!
그녀와 오래 작업해온 선생도 막 그만둔 참이다.

그만둘 생각은 없었지만 그는 그녀와의 협력을 중단했다.

달리 방법이 없었던 것이다.

유대인과 계속해서 일했다가는 위협을 느꼈을 테니까.

두 사람의 마지막 교습은 강렬한 불꽃이었다.

그리고 그들은 계단참에서 말없이 헤어졌다.

며칠 뒤 누군가 초인종을 누른다.

틀림없이 쿠어트 징어가 보낸 교수이리라.

다행이군, 이번만큼은 약속시간에 왔으니까.

그녀는 문을 열고 그에게 들어오라는 몸짓을 한다.

외투도 벗지 않은 채 그는 말한다, "영광입니다!"

서로 인사조차 나누기 전에 말이다.

그 칭찬의 한 마디에 파울라는 기쁘다.

그런 찬사를 듣는 일은 점점 드물어져가고 있는데.

난 더 이상 청중 앞에서 노래하는 일이 없는데.

갈채를 받을 수 있는 권리를 앗아 가버렸는데.

그러나 파울라는 가창 연습을 계속해야 한다.

언젠가는 무대로 돌아갈 테니까, 반드시 돌아갈 테니까.

알프렛은 곧장 피아노를 향해 걸어간다.

마치 벌써 그녀의 식구라도 된 양, 그는 앞서 걸어간다.

피아노를 살짝 건드려본 다음에야 그는 외투를 벗는다.

파울라를 향해 몸을 돌리더니, 그녀의 눈을 똑바로 쳐다본다.

잠시 침묵이 흐른 다음, 그는 독백을 시작한다.

저와 함께 작업해야 합니다, 꼭 그래야 해요.

커리어를 시작했던 초기에 당신은 훨씬 더 노랠 잘 불렀어요.

반복되는 성공은 당신을 무기력한 잠에 빠뜨릴 겁니다.

당신이 마지막 낸 음반은 끔찍스럽게도 기계적이에요.

솔직하게 말씀드릴 수 있어요, 거기엔 영혼이 담겨 있지 않다고.

당신은 정말 어마어마하지만, 그것만으론 충분치 않아요.

제가 당신을 세상에서 가장 위대한 가수로 만들 겁니다.

저의 교습방법은 혁명적이랍니다, 직접 보실 테지만.

결국에는 당신도 이해할 겁니다.

놀라서 입을 못 다무는 파울라에게 그는 이야기를 계속한다.

아니, 이 사람이 어떻게 감히?

느닷없이 나타나 어쩜 이리도 자신만만한 거지?

하지만 전혀 틀린 말은 아니군.

느낄 수 있어, 음악과 나의 관계가 이성적으로 변했잖아.

대체 무슨 일이 일어난 거지?

그건 정치적인 상황 때문인가?

아니면 풍요로운 성공이 모든 걸 무감각하게 만들었나?

이 남자가 날 도와주게 되어 있다니, 당황해 어쩔 줄을 모른다.

이처럼 진리로써 날 한 방 먹인 사람은 없었어, 정말 오랫동안.

알프렛은 적지 않은 위험을 무릅쓴다.

하지만 그는 무슨 일이 있어도 일자리를 찾아야 한다.

파울라에게 그렇게 말하는 건 터무니없는 행동이다.

파울라는 그를 돌려보낼 수도 있다.

자기가 뭐라고 날 그런 식으로 판단하는 거지?

그는 이리저리 거실을 걸으며 계속 이야기한다.

뒷짐을 진 채로.

이 남자, 도무지 가만있지 못할 건가?

그를 멈추게 하려고 말한다. "당신의 제안은 알아들었어요."

하지만 이해하고 싶어도, 그건 불가능하다.

알프렛은 마치 백 년 동안 할 말을 풀어놓은 것 같으니.

그는 일찍이 그에게 맡겨진 적이 없는 이 미션을 끌어안는다.

파울라는 고집을 피울 필요가 없음을 깨닫는다.

어설프고 서툴지만 이 사람은 진정 그녀를 위하고 있으니까.

자신이 확신하는 바를 그녀에게 가르치고 싶을 뿐이니까.

파울라는 더 말하지 않아도 된다는 표시로 팔을 들어올린다.

하지만 소용없다, 그는 끊임없이 이야기를 계속한다.

파울라는 그의 말을 모두 파악하진 못한다.

마치 우리가 바흐에 관한 일화의 한가운데 있는 것만 같다.

그가 마침내 그녀의 치켜든 손을 본다.

그러더니 갑자기 말을 멈춘다.

파울라는 그의 말을 듣고 있느라 지쳐버린 느낌이다.

그래도 힘을 내 이렇게 말한다, "그럼, 내일 시작하지요.

열 시에 선생님을 기다리겠습니다."

02

그렇게 강렬한 관계가 시작된다.

매일 아침 피아노 옆에 서는 두 사람.

그러는 동안 알베어트는 환자들을 돌본다.

그리고 샬로테는 스스로의 모습을 그린다.

예술대학교에서 자화상을 배우고 있는 것이다.

이제 파울라에게 알프렛은 정말이지 하나의 즐거움이다.

그는 매력적이고, 괴짜인데다, 믿을 수 없으리만치 박식하다.

그들은 여러 시간을 두고 이야기를 나눈다.

교수님은 오르페우스 신화에 흠뻑 빠져 있다.

그것을 주제로 하여 책을 쓰고 있는 중이기도 하다.

그는 오르페우스의 어둠 속의 횡단을 끊임없이 생각한다.

인간들은 어떻게 혼란으로부터 되돌아오는 거지?

그의 집착을 이해하려면 과거로 돌아 가봐야 한다.

열여덟이 채 안 된 나이에 그는 전선으로 떠난다.

달아나고 싶고, 사라지고 싶지만, 그건 불가능하다.

사나이의 삶은 그렇게 투쟁의 삶이다.

거기서 그는 최악의 상황과 대치한다.

두려움과 맞닥뜨리게 된 것이다.

안개 속에 우뚝 선 그, 되돌아가는 건 금지다.

탈영병은 가차 없이 사살될 것이다.

구름은 너무도 낮게 깔려 있다.

뒤집혀진 대지에는 썩은 주검 냄새가 진동한다.

눈앞의 풍경은 한낱 방대한 황폐일 뿐.

오토 딕스처럼 알프렛은 생각한다, 이건 *악마의 작품*!

그의 부대는 한 번의 공세에 몰살당한다.

그의 주위로 온통 고문당한 육신들이 널려 있다.

알프렛 자신도 어쩔 수 없이 죽어 있다.

그러나 그의 안에서 무엇인가가 박동하고 있다.

틀림없이 그의 육신 저 아래 숨어 있는 심장일 터!

양쪽 귀가 아프다.

폭발로 인해 고막이 찢어진 거다.

그런데도 누군가 부르는 소리가 들리는 것 같다.

혹은 헐떡이는 소리인가?

알프렛은 눈을 뜬다, 살아 있긴 있는 모양이다.

바로 옆에 부상당한 군인을 발견한다.

도와달라고 애원한다.

바로 그 순간, 알프렛은 인기척을 느낀다.

프랑스군이 그들을 향해 다가오고 있다.

아마도 생존자들을 찾아 확인사살하려는 것이리라.

그는 부상병을 도와줄 수 없다.

그럴 여유가 없다.

그건 불가능이다.

부상병은 그냥 그렇게 내버려둬야 한다.

피할 수 없는 죽음에 내몰렸으니까.

알프렛은 어떤 시체 밑으로 슬며시 굴러 들어간다.

그리고는 호흡을 멈춘다.

얼마 동안 그렇게 죽은 듯 누워 있었을까?

도무지 알 수가 없다.

마침내 순찰대가 부상병들을 수습한다.

알프렛은 더 이상 아무 기억도 없다.

베를린으로 후송된 그는 어머니조차 알아보지 못한다.

그렇게 그는 일 년간을 지낸다.

1919년, 그에게는 존재하지 않는 해.

말조차 잃어버린 그는 줄곧 요양원에서 지낸다.

지쳐버린 삶의 동반자들과 함께.

여러 달이 지나고, 이젠 그 지옥을 잊어야 할 때.

무엇보다 다시 돌아갈 수는 없어, 오르페우스처럼.

어둠의 한가운데서 어떤 멜로디가 흘러나온다.

처음엔 거의 또렷하지 않은 멜로디.

그것은 그의 목소리가 부활하는 소리!
그는 아주 부드럽게 노래하기 시작한다.
음악과 삶이 이처럼 얽힌 적은 일찍이 없었다.
그렇게 알프렛은 노래 속으로 뛰어들었다, 살아남기 위해.
마치 죽기 위해서 물속으로 뛰어들 듯이 말이다.

03

알프렛이 있어서 파울라는 진보하고 있음을 느낀다.
그녀는 온전히 그가 이끄는 대로 따라간다.
가끔 그가 거칠게 나와도 개의치 않는다.
그는 한창 가곡을 부르고 있는 그녀를 중단시키기도 한다.
템포가 조금 틀렸다고 욕설을 퍼붓기도 한다.
그럴 때 파울라는 웃음을 터뜨린다.
자신의 미션을 이토록 진지하게 받아들이다니!
그가 느끼는 바를 어떻게 정의할까?
제자리를 찾았다는 느낌이라고 해두자.
그를 이 집에 묶어두고 있는 게 몇 가지 있다.
사실은 이 사람, 사랑에 빠져 있다.
파울라에게 정열적인 연애편지를 쓰기도 한다.
이봐요, 알프렛, 그런 생각 말아요.

당신, 나랑 함께 있는 걸 좋아하지만, 사랑하는 건 아냐.

어쩌면 파울라의 말이 틀리진 않을 거다.

알프렛은 그저 심장이 뛰는 느낌만으로 행복한 거니까.

그날, 샬로테는 예정보다 빨리 집으로 돌아온다.

저 유명한 성악교수님을 만나고 싶어서.

스승과 제자는 샬로테가 돌아오는 소리를 듣지 못한다.

파울라는 극도로 들떠 있는 알프렛을 보고 기성을 지른다.

그는 팔을 치켜든다, 천장이라도 찌를 듯이.

샬로테는 정신을 차릴 수가 없다.

다시, 다시, 다시 한 번! 알프렛은 격렬하게 외친다.

그 외침이 얼마나 날카로운지 거의 들리지 않는다.

샬로테는 두 손으로 귀를 막는다.

감히 모습을 드러내거나 학교에서 돌아온 걸 알릴 수도 없다.

하지만 파울라가 갑자기 그녀를 보고 외침을 멈춘다.

오, 나의 사랑하는 로테잖아.

이리 와, 얘야, 이리 와.

가까이 오렴, 볼프존 선생님을 소개할게.

알프렛, 그냥 알프렛이라 불러도 돼요, 보세요.

샬로테는 천천히 앞으로 나간다.

너무나 천천히, 전혀 앞으로 나가지 않는 것처럼.

04

교습이 끝나고 알프렛은 샬로테의 방으로 들어간다.

방에서 그림을 그리던 그녀는 그가 들어오자 멈칫한다.

알프렛은 꼼꼼하게 방을 돌아본다.

그렇군, 예술대학교에 다니고 있구나?

네.

네; 이 남자를 향한 샬로테의 맨 첫 마디.

알프렛은 샬로테에게 이런저런 질문을 던진다.

네가 좋아하는 그림은 어떤 거지?

특별히 좋아하는 색깔이 있어?

너, 르네상스를 좋아하니?

퇴폐주의는 어때, 지지하는 편인가?

영화 보러 자주 가니?

그의 말은 빠르고, 입속에서 우물우물 뒤섞인다.

머리가 혼란해진 샬로테는 대답도 뒤죽박죽이다.

메트로폴리스[19]를 봤느냐고 묻는데 엉뚱하게 동문서답이다.

이번엔 파울라가 방으로 들어온다.

---

19 Metropolis : 1927년에 만들어진 장편 SF영화. 독일 표현주의의 기치를 든 프리츠 랑(Fritz Lang) 감독의 작품으로, 오늘날까지 SF영화의 고전으로 남아 있다_옮긴이

이봐요, 선생님, 이 아이를 괴롭히지 말아요.

사랑하는 내딸이니까 가만히 둬요.

아냐, 괜찮아요, 샬로테가 대답한다.

어머나, 네가 이렇게 반응하는 건 흔한 일이 아닌데!

보통 땐 엄청나게 망설이곤 하잖아.

생각하고 말하는 그 사이에 말이야.

파울라는 깜짝 놀란다.

파울라는 질투를 하는 걸까?

아니, 그녀는 알프렛을 사랑하지도 않는 걸.

오히려 알프렛이 샬로테에게 관심을 갖는 건 좋다.

샬로테는 거의 사람들 만나는 일도 없으니까.

거의 종교적으로 스스로를 그림 속에 가두고 있잖아.

그래서 파울라는 두 사람을 남겨두고 방을 나간다.

알프렛은 샬로테의 스케치를 들여다본다.

샬로테는 두려움에 휩싸인다.

그녀의 몸이 떨린다, 그러나 내부로부터.

넌 보통 수준을 뛰어넘는 재능을 갖고 있어.

설득력이 떨어지는 것처럼 들릴 수 있는 칭찬.

하지만 샬로테는 격려의 칭찬으로 간주한다.

내 방에 남자가 와 있는데, 이 사람, 아주 세심하다.

그림 한 점이 알프렛의 눈길을 끈다.

여기, 이건 무엇을 나타낸 거지?

마티아스 클라우디우스[20]의 시에서 영감을 받은 거예요.

아하, 슈베르트의 대본에 들어 있는 거로군.

죽음과 소녀[21]를 그림으로 나타냈어요.

알프렛의 얼굴이 어두워진다.

그리곤 한 마디; "죽음과 소녀라, 바로 우리 이야기군."

샬로테는 소녀의 말을 나직이 읊조린다:

저리 가요, 아, 다가오지 말아요!

잔인한 해골이여, 나에게서 떨어져요.

난 아직 젊으니, 날 내버려둬요.

날 건드리지 말아요.

그러자 알프렛이 죽음의 텍스트로 대구한다:

네 손을 내밀어줘, 아름답고 부드러운 아가씨.

난 친구로 왔지, 널 벌주려는 게 아니야.

용기를 가져, 난 잔인하지 않거든.

내 팔에 안겨 넌 평화롭게 잠들 거야.

---

20 Matthias Claudius : 건강한 기독교 정서와 자연스런 유머가 빛나는 서정시를 많이 남긴 독일의 시인. 슈베르트의 유명한 "죽음과 소녀" 및 "자장가" 등은 그의 시에 선율을 붙인 것이다. _옮긴이

21 Der Tod und das Mädchen : 슈베르트의 14번째 현악사중주곡. 클라우디우스의 시에 기초를 둔 가곡 '죽음과 소녀'를 2악장의 주선율로 사용했기 때문에 흔히 이 이름으로 불린다. _옮긴이

두 사람은 잠시 침묵에 잠긴다.

이윽고 알프렛은 방을 나간다, 한 마디도 없이.

샬로테는 몸을 일으켜 창가에 선다.

잠시 후 그녀는 길을 걷는 알프렛의 모습을 본다.

저 사람, 몸을 돌려 나를 쳐다볼까?

아니야, 무슨 어리석은 생각!

벌써 나를 잊어버렸을 걸, 틀림없어.

그냥 그렇게 들어와서 인사를 한 것일 뿐.

예의상 질문을 한 거고.

하지만 그렇게 내 그림을 들여다본 것도 그저 예의?

순전히 예절을 차린 것인가?

그렇지만 진지한 태도였어.

알 수 없어, 더 이상은 알 수 없어.

길 저쪽으로 멀어지는 그를 창가에서 바라본다.

뒤돌아보는 일은 없고, 그 모습은 점점 더 작아진다.

샬로테는 그런 그의 모습을 가능한 한 오래오래 좇는다.

그는 걸으면서 머리를 움직인다.

누가 보면 자기 자신과 대화를 나눈다고 생각할 것이다.

05

학교를 나온 샬로테는 재빨리 걸어간다.

바바라는 이 친구를 붙잡고 싶지만 어쩔 수 없다.

혼자 남게 되어 슬퍼진다.

보통 땐 샬로테가 내 말을 정말 잘 들어주는데.

그 친구의 경청이 내 자신감의 완벽한 원천인데.

샬로테한텐 클라우스랑 키스한 것까지 다 얘기해주잖아.

그렇지만 이 친구, 사귈수록 약간 이상하단 말이야.

사는 게 우울해 보이는데도 괜히 부러워지거든.

샬로테에겐 어딘가 맘을 움직이는 힘이 있어.

말수가 적은 사람들의 카리스마인가?

아님, 소외된 사람들이 풍기는 비극적 힘인가?

바바라는 모든 걸 가졌지만, 샬로테가 될 순 없다.

그래서 바바라는 뒤쫓아 간다.

하지만 샬로테는 이미 저 멀리 있다.

샬로테는 할 수만 있다면 알프렛과 마주치려고 애쓴다.

귀가가 너무 늦을 땐, 침대에 털썩 주저앉는다.

그가 자기 방에 들어온 이후론 고분고분해진 느낌이다.

그 남자의 시선에 담긴 힘에 순종하는 느낌이랄까.

그녀는 그를 위해, 그의 동의를 구하기 위해, 그림을 그린다.

자신이 얼간이가 돼버린 느낌이다.

벌써 여러 번 그를 다시 만났는데…

여유를 갖고 나한테 새로운 관심은 보이지 않고.

잠깐 살포시 웃는 걸로 만족하는군.

이 사람의 관심은 단 하루밖에 지속되지 않는가?

이 모든 것에는 아마도 논리적인 일관성이 있을 텐데.

온 나라가 누군가를 거부한다면, 그에게서 무얼 기대하겠는가?

더 이상 그를 생각지 않으려는데, 알프렛이 다시 나타난다.

노크도 하지 않고 샬로테의 방으로 들어온다.

샬로테는 머리를 쳐든다.

방해가 되지 않을지 모르겠네…

아니, 아니에요, 저 백일몽을 꾸고 있었어요.

너에게 제안할 게 하나 있어, 그렇게 그는 입을 뗀다.

어조는 근엄하다, 거의 권위적이다.

샬로테는 눈을 크게 뜬다.

자, 들어봐, 좀 미묘한 일이거든, 그렇게 시작하는 알프렛.

내가 원고를 하나 썼어… 말하자면… 아주 사적인 글이지.

그래, 거기엔 나 자신에 관한 것 외엔 아무 것도 없어.

어떤 작품이든 그 저자를 드러내야 하잖아, 안 그래?

아, 물론 소설에 반대할 마음은 전혀 없어.

하지만 그건 모두 기분전환을 위한 거잖아.

누구나 기분을 전환할 필요는 있는 법이고.

그게 진실을 보지 않는 그들 나름의 방식이지.

어쨌거나 그게 중요한 건 아니야, 내 말은.

우리는 무질서와 혼란의 감각을 지니고 있어.

그보다 더 중요한 것 없다고, 이해할 수 있어?

가장 적합한 혼란의 순간을 결정하는 건 우리 몫이야.

그리고 죽음을 결정하는 것도 물론 우리한테 달려 있지.

나에겐 아직 무모한 짓을 할 자유가 있어.

자네에게도 있고, 안 그래?

넌 나를 실망시키지 않을 거야, 내가 잘 알아.

난 너에게 아주 큰 희망을 걸고 있다고.

이제 알프렛은 잠시 말을 멈춘다.

그가 무엇을 요구하든, 샬로테는 그의 말대로 할 것이다.

그의 존재만으로도 한순간 한순간이 격렬해지니까.

내가 쓴 소설에 네가 삽화를 그려줬으면 해.

느닷없이 격이 없는 어조로 그렇게 말한다.

샬로테의 대답을 기다리지도 않고 그는 가방을 연다.

뭔가를 갈겨쓴 종이를 한 뭉치 꺼내놓는다.

샬로테는 조심스레 원고를 받아든다.

그리고는 급급히 처음 몇 줄을 훑어본다.

이윽고 눈을 들어보니, 알프렛은 사라지고 없다.

06

샬로테는 알프렛의 글을 몇 번씩 읽어본다.

그녀는 수첩에다 이 책의 키워드를 적어놓는다.

그는 시체 밑에 숨어 있던 그 시간을 떠올리고 있다.

모든 걸 다 잊을 수 있어도 각자의 강박만큼은 안 되는 법.

어둠 속에서 수많은 장면들이 되살아나는 것 같다.

그 공포의 표현에서 샬로테는 아름다움을 본다.

그녀 자신이 영구히 두려움에 떨고 있지 않은가?

걷고 있을 때, 말하고 숨 쉬고 있을 때도.

샬로테는 공원과 수영장에 출입 금지다.

마을 전체가 전쟁터나 다름없다.

그녀의 피를 얽어매는 감옥이다.

샬로테는 스케치부터 시작한다.

여러 시간, 여러 날, 그리고 수많은 밤을 지새우며.

그녀의 삶 전체가 괄호 안에 있다.

아, 얼마나 자신감을 갖고 싶은지 모른다.

알프렛은 그녀와 만날 약속을 정한다.

2주일 후, 역에서 멀지 않은 어느 카페에서.

파울라가 알지 못하도록 은밀히 만나야 해.

기다리던 그 날, 샬로테는 입술에 립스틱을 조금 바른다.

알프렛이 날 놀리지 않을까?

여성스러워지고 싶은 내 욕심을?

마지막으로 입을 쓱 훔치는 그녀.

그런 다음 새로 립스틱을 바른다.

샬로테는 알 수 없다, 어떻게 해야 하는지.

남자가 날 예쁘게 보도록 하려면 어떻게 하지?

여태 어느 누구도 나를 쳐다봐준 적이 없었잖아.

혹은… 내가 아무 것도 제대로 관찰하지 않은 건가?

바바라는 애인인 클라우스가 자기를 귀엽다고 한댔지.

하지만, 아니, 그는 귀엽다고 말하진 않았어.

그녀의 얼굴에 강렬한 힘이 있다고 말했지.

대체 그게 무슨 뜻일까?

클라우스한테는 그게 일종의 찬사다.

그가 보기에 바바라는 예쁘긴 하지만 개성이 없다.

그렇지만 샬로테는 개의치 않는다.

그녀가 원하는 건 알프렛의 마음에 드는 것이니까.

중앙역 근처의 카페에서 샬로테는 기다린다.

여기서 만날 약속을 한 건 법을 어기는 짓이다.

자리에 앉아 샬로테는 커다란 시계를 뚫어져라 쳐다본다.

알프렛은 아직 오지 않는다.

잊어버린 걸까?

내가 날짜를 잘못 알았나?

그가 오지 않는다는 건 있을 수 없는데.

마침내 약속시간보다 30분 늦게 나타나는 그.

그는 샬로테 쪽으로 황급히 걸어온다.

두리번두리번 그녀를 찾는 일조차 없다.

마치 그녀가 어디 있는지를 본능적으로 아는 것처럼.

그는 자리에 앉으면서 벌써 무슨 말인가를 하고 있다.

어쩌면 앉기도 전에 이미 말을 시작했는지 모른다.

그는 팔을 번쩍 들어 맥주를 시킨다.

이렇게 그가 나타나자 샬로테는 정신이 아득하다.

그는 머리를 이쪽저쪽으로 돌린다.

샬로테를 제외한 모든 것에 매료당한 것처럼.

웨이터가 맥주를 가져오자, 그는 재빨리 들이킨다.

숨도 안 쉬고 단숨에 꿀꺽 마신다.

그런 다음에야 늦어서 미안하다고 사과한다.

샬로테는 괜찮다고 응답한다.

하지만 알프렛은 그녀의 말을 듣고 있지 않다.

그는 카프카에 대해 말하기 시작한다.

그렇게 카프카가 느닷없이 끼어드는 것이다.

샬로테, 내가 받은 계시啓示를 너한테 말해주고 싶어.

카프카의 모든 작품은 놀라움에 기반을 두고 있어.

그것이 그의 주된 테마야.

그의 책들을 잘 읽어보면 놀라움을 보게 될 거야.

변신의 놀라움, 체포의 놀라움, 그 자신의 놀라움.

샬로테는 뭐라고 대꾸할지, 망연자실이다.

그녀는 무얼 이야기할지 예상했고, 분석도 예상했다.

알프렛의 소설에 관해 말할 준비도 되어 있었다.

하지만 카프카를 들먹이면 어쩌자는 건가?

카프카에 대해서 도대체 무슨 말을 하라고!

다행히도 그는 샬로테의 그림을 보여달라고 한다.

샬로테는 종잇장이 가득 든 커다란 상자를 꺼낸다.

알프렛은 그녀가 해놓은 작업의 심각함에 깜짝 놀란다.

그는 생각한다, 이 처녀가 나를 좋아하고 있는 게로군.

그 사실에서 그는 뿌듯함을 느낄 수도 있을 터.

그러나 오늘은 무언가가 그를 답답하게 만든다.

그 특유의 유머조차 진흙탕을 기는 것 같다.

도무지 그럴 때가 아닌 것이다.

그는 샬로테의 작업물을 재빨리 훑어본다.

그리곤 무슨 의견을 내놓을 시간이 없다고 말한다.

그런 그의 태도는 자못 모욕적이다.

그는 왜 이렇게 행동하는 걸까?

평소에는 그처럼 부드럽고 친절하면서?

그는 일어나서 이제 가야겠다고 말한다.

나가면서 그림이 든 상자를 집어 든다.

샬로테는 함께 일어설 생각조차 할 여유가 없다.

그는 너무나 재빨리 가버렸다.

벌써 끝난 것이다.

이처럼 엉망이 돼버린 만남이라니!

샬로테는 멍한 상태로 혼자 남아 있다.

그녀는 비틀거리며 카페를 나온다.

지금 베를린은 너무나 춥다.

어디로 가야 할 것인가?

더 이상 뭐가 뭔지 알 수 없다.

눈앞이 흐려진다.

두 눈에 고인 눈물 때문이다.

연못에 그대로 몸을 던질 수도 있으리라.

얼어붙은 물속에서 죽어갈 수도 있으리라.

샬로테의 비통은 병적인 충동으로 변한다.

죽자, 가능한 한 빨리 죽어야 해.

하지만 갑자기 어떤 기이한 느낌이 그를 사로잡는다.

알프렛이 내 그림을 어떻게 생각하는지 알아야 해.

샬로테는 그를 원망할 수도 있으련만, 아니다.

그이의 의견이 내 생명보다도 더 중요하니까.

07

아무런 소식도 없이 며칠이 흐른다.

다음 교습이 며칠인지 파울라에게 물을 염두도 못 낸다.

슬기롭게 기다려야 해.

어쨌거나 알프렛은 다시 올 테니까.

그가 좋아하는 궤적은 돌아오는 것이니까.

마침내 그가 나타난다.

샬로테가 집으로 돌아오니 파울라의 노랫소리가 들린다.

그들에게 방해가 안 되게 조용히 거실을 지나간다.

하지만 그들의 눈에 띌 수 있을 만큼 천천히.

그 순간의 행복이 모든 걸 잊어버리게 만든다.

카페에서의 그 실망은 씻은 듯이 잊어버린다.

그를 다시 본다는 황홀감 외엔 아무 것도 없다.

샬로테는 온순한 소녀처럼 침대 위에 앉아, 바랄 것이다.

그가 샬로테의 방문을 연다.

언제나 그렇듯, 노크는 하지 않는다.

두 사람의 사이에 경계선이라곤 없다.

그는 곧장 입을 뗀다, 나, 사과하고 싶어.

내 무례한 태도에 대해서.

샬로테는 괜찮다고 대답하고 싶지만, 그럴 수 없다.

나한테 아무 것도 기대하면 안 돼.

내 말 듣고 있는 거야?

샬로테는 천천히 고개를 든다.

나를 다그치면, 난 아무 것도 줄 수 없어.

어디서 누군가 날 기다린다는 생각을 참을 수 없어.

자유란 것은 살아남는 자들의 슬로건이거든.

알프렛은 샬로테의 뺨에 손을 갖다 댄다.

그리곤 말한다, 고마워.

너의 그 그림들, 고마워.

순진하고, 거칠고, 미완성이긴 하지만.

거기 담긴 약속의 힘 때문에 그 그림들이 좋아.

그걸 보면서 너의 목소리를 들었기 때문에 좋아.

일종의 상실을, 그리고 불안을 느꼈어.

어쩌면 심지어 어떤 광기의 시작이라고 할까.

부드럽고 온순한, 슬기롭고 다소곳한, 그러나 생생한 광기.

자, 그래.

내가 너에게 말하고 싶었던 게 그거야.

우린 아주 아름다운 시작이야.

알프렛은 샬로테와 악수를 하고 다시 떠난다.

그는 샬로테가 완전히 항복했다는 걸 깨달았다.

생전 처음으로 샬로테는 필요에 의해 그림을 그린 것이다.

샬로테는 그 작품을 '그린' 게 아니라 '살았던' 것이다.

그것은 이 처녀에게 획기적인 순간이다.

사랑하는 남자가 자신의 광란을 말로 나타냈던 것이다.

샬로테는 이제 막 겪은 생생함에 흠뻑 취한다.

이젠 어디로 가야 할지 알 수 있다.

어디에 몸을 숨길지, 증오로부터 어디로 대피할지.

이제야 예술가가 된 느낌이라고 인정해도 될까?

예술가.

샬로테는 그 말을 되풀이해본다.

현실적으로 그 말의 정의를 내릴 수 없으면서도.

정의가 무슨 상관이랴?

모든 말이 항상 목적지를 가질 필요는 없잖아.

말은 감각의 경계에서 멈추도록 내버려두자.

혼란의 영역을 정신없이 헤매도록.

그래, 바로 그게 예술가의 특권이잖아, 혼동 속에서 사는 것.

그녀는 방 안을 빙글빙글 돌아다닌다.

침대 위에서 펄쩍펄쩍 뛰다가 바보처럼 웃는다.

이 순간 그녀의 운명은 기막힌 환상처럼 느껴진다.

과도한 감정에 휩싸이는 샬로테.

열병과도 같은 감정.

너무도 생생한 열병.

샬로테는 온통 끓어오른다.

그날 저녁 아버지는 몹시 걱정이 된다.

딸의 체온을 재본다.

그리고 맥박에 이상한 리듬이 있음을 알아차린다.

그래서 딸에게 몇 가지 질문을 던진다.

옷을 제대로 안 챙겨 입고 외출했니?

아뇨.

뭔가 먹은 게 잘 내려가지 않았니?

아뇨.

뭐 난처한 일이 있는 거냐?

아뇨.

누가 모욕적인 말을 한 건 아니고?

아녜요, 아빠.

샬로테는 기분이 좋아졌다면서 아버지를 안심시킨다.

잠깐 고비가 있었지만, 다 괜찮아요.

마음이 놓인 아버지는 딸을 껴안아준다.

그리고 이젠 전혀 열이 없다는 것을 확인한다.

그래도 참 이상한 현상이로구만.

아버지가 방을 나가자, 샬로테는 잠을 이루지 못한다.

그녀만이 안다, 자신의 몸속에 무슨 일이 일어나고 있는지.

08

샬로테는 알프렛의 넋을 빼놓고 싶다, 그건 확실하다.

하지만 그가 바라는 바는 복잡하다.

강력한 힘을 느꼈던 그녀는 다시 의구심에 빠진다.

그리곤 자신을 비하卑下하느라 시간을 허비한다.

내가 정말 그의 흥미를 불러일으켰을까, 믿을 수가 없다.

그 사람은 어쩔 수 없이 나의 평범함을 깨닫게 될 거야.

그건 너무나 빤해.

나의 모든 걸 밝혀내는 시선을 던질 거야.

속임수를 폭로하면서 웃음을 터뜨릴 거야.

샬로테는 이불 속으로 숨어버리고 싶다.

그 모든 용기는 갑자기 두려움으로 변한다.

알프렛을 다시 만날 생각만 해도 온몸이 오싹해진다.

그를 다시 만나는 건 그를 실망시킬 위험을 무릅쓰는 것.

그는 날 버릴 거야, 이미 그건 숙명적이야.

그렇게 난 고통을 받을 거야.

샬로테는 너무도 두렵다.

사랑한다는 것은 이런 것인가?

그를 다시 만날 때, 그녀는 입을 열고 싶은 기분이 아니다.

그녀의 몸속엔 괄호 안에 들어 있는 말들이 도사리고 있다.

너를 둘러싼 방벽 같은 거지, 알프렛은 그렇게 말한다.

그렇게 그는 샬로테를 웃기려고 애쓴다.

엉뚱하고, 기이하고, 과장된 말을 시도해본다.

샬로테는 살짝 미소를 짓는다.

그녀의 긴장에 잠시 틈이 생긴 것뿐이다.

이제 그녀를 즐겁게 해주려드는 사람은 어디에도 없잖아.

벌써 여러 해, 분위기는 사뭇 침울하다.

저녁마다 아버지는 그날 겪은 굴욕을 숨기려 애쓴다.

파울라는 노래할 무대를 생각하는 척한다.

다시 연주여행을 떠나게 될 날을 말이다.

하지만 알프렛, 그 사람은 그들을 닮지 않았다.

그는 어디서 뛰쳐나올지 도무지 알 수 없는 사람이다.

1938년, 그는 마음 놓고 숨을 쉬는 것 같지 않다.

다시금 그는 샬로테와 카페에서 만날 약속을 한다.

두 번째로 금지된 일을 과감히 하려는 것이다.

두 사람은 거기에 있을 권리가 없지만, 상관없다.

그곳은 특별한 장소이니까.

테이블 사이로 고양이들이 돌아다닌다.

그리고 손님들의 다리에 몸을 비벼댄다.

깨어버린 꿈과도 같은 분위기가 떠돈다.

몇몇 손님들이 피우는 시가의 매캐한 연기와 함께.

알프렛이 말한다. 난 여기 있는 고양이들을 다 알지.

녀석들한테 음악가의 이름을 전부 붙여주었어.

저기 작은 고양이는 말러, 저기 커다란 놈은 바흐.

비발디가 가르랑거리는 것 좀 봐.

그리고 물론 내가 가장 좋아하는 녀석도 있지.

바로 베토벤.

이놈은 완전히 귀가 먹었어, 자네도 알게 될 거야.

이름을 불러서 우유를 줘봐, 돌아보지도 않을 걸.

좀 거북해진 샬로테는 고양이의 주의를 끌려고 한다.

하지만 아무리 해도 고양이는 그녀를 보지 않는다.

눈을 가늘게 뜨고 반쯤 잠들어 있다.

알프렛은 계속해서 고양이들을 사람처럼 얘기한다.

그걸 이용해서 다시 슈베르트로 화제를 돌린다.

두 사람 모두 새로이 *죽음과 소녀*를 떠올린다.

비슷한 방식으로 둘의 머리를 떠나지 않는 사중주곡.

알프렛은 슈베르트의 삶에 대한 독백에 빠져든다.

있잖아, 슈베르트는 여자를 다루는 재능이 별로 없었어.

왜소한데다 자신이 불구란 걸 알고 있었어.

그 숱한 명곡을 작곡했지만, 섹스에 대해선 거의 몰랐지.

죽을 때도 거의 동정童貞이나 다름없었어.

그의 음악을 들으면 가끔 그걸 느낄 수 있어.

그의 헝가리풍 멜로디는 숫총각의 멜로디거든.

슈베르트에겐 육욕肉慾이란 게 없다고.

그런데 어느 창녀와 몸을 섞게 되었지.

헌데 거기서 치명적인 병을 얻고 말았지 뭔가.

그의 고통은 여러 해 계속되었어.

불쌍한 슈베르트, 안 그런가?

결국 어떤 고양이는 이제 슈베르트란 이름을 얻었다.

어쨌거나 그 놈은 일종의 후계자인 셈.

샬로테는 어리둥절하다.

물론 슈베르트를 생각하고 있긴 하다.

하지만 이건 그녀를 발끈하게 만드는 사적인 질문.

그럼 당신은 어때요?

어떠냐고, 뭐가?

알프렛, 당신은 여자를 많이 알았나요?

여자라…

그래, 나도 여러 여자들을 사귀었지.

그는 그런 식으로 답한다.

구렁이 담 넘어가는 식으로.

그러다 갑자기 태도를 바꾼다.

그래, 나도 여러 여자들을 알았지.

몇 명이었는지는 말할 수 없지만 말이야.

하지만 모두 다 중요했어.

대수롭지 않다고 할 순 없어.

내 앞에서 벌거벗은 여자.

입을 벌리는 여자.

난 그 여자들 한 사람 한 사람을 존경했어.

짧아서 덧없는 경우까지 포함해서 말이야.

09

샬로테는 세상의 나머지는 잊어버린다.

자신의 근심걱정뿐.

집으로 돌아오니 아버지가 거실에서 기다리신다.

마음이 놓이신 걸까, 화가 나신 걸까?

물론 그 두 가지가 뒤섞인 것이리라.

잠시 후 알베어트는 목청을 높인다.

어디 갔었던 거냐?

집에 있는 우리 생각은 조금이라도 하니?

우리가 걱정하는 것, 우리가 낙담한 것 말이야?

샬로테는 고개를 떨군다.

잘 안다, 밤엔 별의별 일이 다 생길 수 있다.

힘에서 밀리면 납치를 당할 수도 있다.

맞거나, 고문당하고 강간당하거나, 죽을지도 모른다.

샬로테는 사과하지만 눈물은 나지 않는다.

단지 자기가 꿈을 꾸고 있었다고 우물쭈물 답한다.
그것이 얼른 떠오른 최초의 알리바이.
파울라가 분위기를 누그러뜨리려고 다가온다.
다시는 우릴 이렇게 걱정시키지 마, 응?
꿈을 꾸고 싶으면 집에 와서 꿈꾸면 되잖아.

샬로테는 더 주의하겠다고 약속한다.
그러나 젊은 아가씨에게 이건 삶이 아니다.
샬로테는 스물한 살, 자유롭고 싶다.
숨 한 번 쉬는 것조차 계획대로 해야 하다니!
즉흥적인 행동은 일체 금지라니!
그러나 사실 오늘 밤은 아무 것도 중요하지 않다.
샬로테는 행복하다.
그 사람만 곁에 있다면 감옥에선들 못 살 게 뭐람?
아버지를 껴안는 그녀의 얼굴에 미소가 피어오른다.
샬로테의 얼굴이 빛난다.
킥킥대는 웃음을 참느라 애를 쓴다.

파울라는 샬로테를 뜯어보지만, 이해할 수 없다.
샬로테의 저런 모습을 여태 한 번도 보지 못했다.
평소엔 도통 감정을 드러낼 줄 모르는데…
불과 이 분 전만 해도 눈물이 그렁그렁했는데…
진지하게 용서를 구하고 있었는데…

근데 지금 좀 봐, 환하게 미소를 짓고 있잖아.

미안해요.
미안해요, 샬로테는 방으로 가면서 그렇게 되풀이한다.
파울라와 알베어트는 조심스럽게 시선을 교환한다.
조마조마 불안까지는 아니더라도.
어쨌거나 광란은 이 가족의 내력이잖은가.

10

며칠 뒤 두 사람은 반제[22]에서 다시 만난다.
세 개의 호수로 이루어진 베를린의 매혹적인 장소.
찌푸린 날씨가 사람들을 모두 쫓아버렸다.
이 순간은 그 둘만의 세상이다.
그리고 샬로테는 자유롭다.
이번에는 나도 알고 있었지, 난 바바라와 꼭 같아.

둘은 그들이 앉아서는 안 되는 벤치에 앉는다.
그들의 몸이 게시문을 가려버린다.

---

22 Wannsee ; 베를린에서 가장 잘 알려진 호수의 이름 _ 옮긴이

"NUR FÜR ARIER" : "아리안족 전용 벤치"

샬로테는 그와 함께라면 용감해질 수 있다고 느낀다.

우리의 시대를 더 이상 참을 수 없어요, 그녀가 말한다.

한없이 지속되는 이 시대를 말예요.

그 벤치에서 몇 미터 거리에 말리에 별장[23]이 있다.

두 사람은 이 저택의 아름다움과 우아함에 경탄한다.

1942년 1월 20일 나치의 고위관리들이 이곳에 모이게 된다.

라인하트 하이드리히가 이끄는 작은 실무회의.

역사가들은 이를 *반제회의*라 부른다.

두 시간 후면 '최종해결책'의 요소들이 마무리될 터.

'인종청소'의 여러 가지 방법이 정해지는 거다.

자, 이제 모든 것이 분명해졌다.

다들 열심히 일했소, 제군들!

살롱에서 두 다리 쭉 뻗고 쉴 시간이오!

아주 훌륭한 코냑이 준비되어 있소!

임무 완수의 뿌듯함으로 만끽하기 바라오!

오늘날 그 회의의 참석자들은 사진으로 남아 있다.

그들은 불멸이다, 아니, 그들을 망각하는 건 금지다.

---

23 Villa Marlier ; 에언스트 말리에라는 독일 제약업자가 19세기 말에 지은 거대한 별장. 1942
    년 독일 내 유대인들의 처리(추방-몰살)계획을 확정 발표한 소위 반제회의(Wannsee
    Conference)가 열린 곳으로 유명해졌다. _옮긴이

이 별장은 역사의 현장이 되었다.

나는 2004년 7월, 햇빛 찬란한 어느 날 그곳을 찾았었다.

여기선 참혹한 공포를 샅샅이 볼 수 있다.

회의가 진행되었던 긴 탁자, 보기만 해도 소름이 끼친다.

마치 그런 사물들까지 범죄에 참여했던 것처럼.

이곳에는 공포의 기운이 영원히 떠돌고 있다.

그래, 그렇다, *등골이 오싹해지는 것이다*.

여태까진 이 표현의 의미를 전혀 이해할 수 없었다.

그것은 척추를 타고 내려가는

동결점凍結點의 물리적 현현顯現!

11

알프렛은 샬로테의 손을 잡는다.

배를 타고 한 바퀴 돌아볼까?

하지만 틀림없이 비가 올 텐데요, 그녀의 대답.

비가 오면 어때?

독일에선 비도 정말로 위험한 건가?

그들은 작은 보트에 오른다.

그리곤 커다란 호수를 따라 흔들리며 나아간다.

하늘이 흐려진다, 방안의 희미한 빛처럼.

샬로테는 몸을 쭉 편다.

물의 움직임에서 한층 더 많은 즐거움을 느낀다.

언제까지나 그렇게 떠돌아도 좋을 것 같다.

그녀의 포즈에 알프렛은 미켈란젤로의 작품을 떠올린다.

밤(*La Nuit*)이라는 제목의 조각 작품.

그의 눈앞에 있는 하나의 이상理想.

뇌우가 으르렁대기 시작한다.

천둥이 온 세상을 정화시키고 있어, 알프렛이 말한다.

그가 가까이 다가와 샬로테를 껴안는다.

두 사람은 입맞춤에 넋을 잃어 듣지 못한다.

돌아오라고 외치는 어떤 남자의 목소리를.

쏟아지는 폭우 속에 그렇게 있다니 제 정신이오?

마침내 두 사람은 현실로 돌아온다.

배 안에는 물이 가득하다.

재빨리 강기슭으로 돌아가야 한다.

샬로테는 두 손으로 물을 퍼내려 안간힘을 쓴다.

그러는 사이 알프렛은 노를 젓는다.

천만다행히도 무사히 기슭에 다다른다.

그리고는 웃으면서 배에서 내려온다.

배를 빌려준 사람은 질겁하여 쳐다본다.

둘은 그렇게 웃어대면서 공원을 떠난다.

쏟아지는 비 때문에 그들은 탈주병이 되고 만다.

12

샬로테는 자기 집으로 가자는 그의 말을 따른다.
흠뻑 젖은 채 그들은 빈민가로 들어선다.
보이는 풍경은 조금도 중요하지 않다.
바닥엔 책들이 높이 쌓여 있다.
감기 들지 않게 옷을 벗어, 그가 그렇게 말한다.
샬로테는 아무런 생각 없이 순순히 응한다.

두려울 거라고 생각했는데, 전혀 그 반대다.
욕망의 높이에 따라 그녀는 점점 대담해진다.
그가 부른다, 샬로테.
몇 번인가 이름을 부른다.
그의 입속에 담긴 자기 이름이 너무 좋다.
다시 한 번, 샬로테!

샬로테는 알몸이다, 선 채로.
그는 키스로 그녀의 온몸을 훑어 내린다.
부드러움과 고문 사이 어디쯤에서 길 잃은 애무.
그의 광란의 손길은 그러나 너무도 정교하다.
이미 육감의 헌신을 건드리고 만다.
샬로테는 예스, 예스를 거듭하며 몸을 젖힌다.
알프렛, 내 사랑.

이번엔 그가 옷을 벗는다.

그리고 두 사람은 침대로 다가간다.

그들은 하나의 세계에서 다른 세계로 건너갔다.

최소한의 이행移行도 없이.

몇 가지 모호함은 결국 명료함으로 끝난다.

뒤엉키는 두 몸, 그것은 톡 쏘듯 날카롭다.

거의 욕망의 짜릿한 얼얼함.

그는 자신에게 바쳐진 벌거벗은 처녀를 바라본다.

삶이 거칠게 보여주는 이 같은 증거라니!

말하고, 꿈꾸고, 노래하고, 쓰고, 창조하고, 죽을 수 있다.

하지만 오로지 이 순간, 그 고통은 견딜 가치가 있다.

순진무구한 모습 아래 숨은 악惡이여.

다른 모든 것은 조금도 중요하지 않다.

알프렛은 두 가지 이유로 그것을 잘 안다.

그래야 예술가니까, 그래야 남자니까.

그녀의 감정이 격렬해질 때, 그건 하나의 파괴다.

샬로테의 몸이 떨리기 시작한다.

그녀의 얼굴을 덮는 어두운 그림자.

그것은 달아나고 있는 과거다.

현재의 완벽한 헤게모니에 소스라치게 놀란 과거.

그녀는 한층 더 강력한 힘으로 스스로를 내던진다.

그녀의 행복은 그렇게 드러난다.

제 5 부

01

1938년은 또한 결별의 해.
샬로테의 마지막 희망도 산산조각이 날 터.
끔찍스런 수모受侮가 그녀를 기다린다.

매년 봄 예술대학교에선 시합이 열린다.
정해진 주제로 각자 한 점씩 작품을 만드는 학생들.
그 해의 가장 빛나는 순간이다.
여러 가지 상과 영광이 베풀어지는 자리.
루트비히 바트닝은 샬로테에 대해 갈수록 경탄한다.
그녀를 입학시키려고 싸웠던 게 얼마나 다행인지!
몇 달 동안 샬로테는 눈부신 진척을 이루었다.
그건 기교가 더 좋아진 문제가 아니다.
그렇다, 그녀의 데생은 세련되고 정교하다.

하지만 그를 놀라게 한 건 애제자의 여유 있는 터치.

그녀는 모든 과제를 에두르며 자신의 목소리를 낸다.

독특하고, 기이하며, 시적이고, 뜨겁기까지 하다.

샬로테의 데생은 그녀의 본질을 말해준다.

그녀의 힘은 얼핏 봐서는 드러나지 않는다.

그녀의 독특함은 색채를 피해 어딘가에 숨어 있다.

루트비히의 시선을 꽉 사로잡는다.

여러 해 동안 그는 이런 것을 보지 못했다.

어느 누구도 그걸 모른다, 단지 그만이 알 뿐.

학생들 중에 천재가 있다는 것을.

시합은 언제나 익명으로 진행된다.

수상작이 결정되고 나서야 비로소 작가가 알려진다.

교수들이 탁자를 둘러싸고 모여 있다.

만장일치로 하나의 그림을 선정한다.

이번만큼은 논의가 신속히 이루어졌다.

매번 흥분되지 않을 수 없는 순간.

교수 한 사람 한 사람이 나름대로 예측해본다.

여기저기 몇몇 이름이 거론된다.

그러나 사실은 어느 누구도 제대로 알지 못한다.

우승자가 누군지, 일대 혼란이 벌어진 것이다.

이 한 학생의 특성을 아무도 알아보지 못한다.

이제 그림의 주인을 찾아내야 할 때.

데생과 더불어 하나의 봉투가 있다.

그 봉투를 막 열어본 교수는 입을 열지 못한다.

다른 교수들이 그 쪽으로 몸을 기울인다, 누구요?

마치 무슨 효과를 내려는 듯, 그는 동료들을 바라본다.

그리곤 무미건조한 음성으로 발표한다.

최우수상의 주인공은 샬로테 잘로몬입니다!

곧바로 불편함이 좌중을 사로잡는다.

샬로테가 이 상을 받는다는 건 있을 수 없잖아.

모두 다 지나칠 정도로 시상식을 지켜보고 있는데.

다들 학교의 유대인 학생에 대해 입방아를 찧을 텐데.

수상자인 그 여학생도 심하게 노출될 거야.

샬로테는 순식간에 과녁이 되고 말 걸.

그뿐인가, 체포될 위험까지 무릅써야 할 걸.

루트비히 바트닝은 사태의 심각성을 깨닫는다.

누군가가 묻는다, 새로 투표를 하면 어떨까?

안 돼, 그건 너무나 정의롭지 못한 일이지.

상을 뺏을 순 있어도, 승리를 빼앗지는 못해.

샬로테를 가장 열렬히 옹호하는 이가 그렇게 말한다.

그는 샬로테를 위해 힘자라는 데까지 투쟁한다.

그녀에 대한 지지는 그에게 치명적일 수 있다.

모든 게 밝혀지고, 잠잠한 것은 하나도 없다.

그의 용기는 마침내 보상을 받는다.

샬로테의 수상이 확정된 것이다.

한 시간 뒤 그는 메인 홀에서 샬로테를 기다린다.

그는 손짓으로 그녀에게 신호를 보낸다.

그녀가 다가온다, 언제나처럼 수줍은 걸음걸이로.

어떻게 이야기를 꺼내야 할까, 망설인다.

환희의 순간이어야 마땅하건만.

그의 얼굴은 그러나 초췌하기만 하다.

마침내 그는 그녀가 영예의 수상자임을 알려준다.

하지만 샬로테가 기뻐할 시간을 주지 않는다.

교수들의 결정을 알림으로써 그 소식을 누그러뜨린다.

하지만 자넨 트로피를 받으러 갈 수가 없을 거네.

상반되는 두 감정이 샬로테에게 충격을 안긴다.

기쁨이요, 동시에 괴로움이다.

자신이 모습을 나타낼 수 없음을 그녀도 인정한다.

그림자처럼 살아온 게 벌써 2년 아닌가.

그러나 오늘은… 너무도 부당하다.

그는 설명한다, 상이 주어지는 것은 자네의 작품이야.

하지만 누군가 다른 사람이 가서 그 상을 받을 거야.

누가요? 샬로테가 묻는다.

글쎄, 나도 몰라, 루트비히의 대답.

바바라.

그래, 샬로테가 제안한 이름이다.

바바라.

바바라? 정말 그 친구가 받기를 원해? 그가 묻는다.

네, 정말이에요.

왜 하필 그 학생이지?

이미 다 가진 애니까 더 줘야지요, 샬로테가 답한다.

사흘 뒤 바바라는 연단에 선다.

샬로테에겐 눈물의 사흘.

금발의 우승자는 만면에 미소를 띠고 있다.

그녀는 자신의 것도 아닌 상을 받는다.

거북해 보이지도 않는다.

정말로 자기가 우승했다고 믿는 것만 같다.

그녀는 부모와 친구들에게 고마움을 전한다.

조국에도 감사해야 할 테지, 샬로테는 생각한다.

모멸감을 참으며 그 어릿광대 극을 바라보고 있는 샬로테.

시상식이 한창일 때, 샬로테는 자리를 뜬다.

그런 그녀를 좇는 루트비히의 시선.

그런 그녀를 붙들어 다시 보듬어주고 싶다.

하지만 그녀는 너무나 재빨리 사라져버렸다.

학교를 빠져나가는 그녀의 귀에는

그저 요란한 박수소리만 들릴 뿐이다.

샬로테는 집까지 내쳐달린다.

자기 방에 들어가서는 꼼짝 않고 침대 위에 앉아 있다.

그러더니 일어서 자신의 그림을 마구 구긴다.

몇 장은 찢어발긴다.

웬 소란일까, 궁금해진 파울라가 올라온다.

아니, 뭘 하고 있는 거니?

무슨 일이냐니까?

샬로테는 싸늘하게 말한다, 다시는 학교에 가지 않을래요.

02

샬로테는 온종일 침대 위에 앉아 있다, 며칠씩이고.

머릿속 생각마다 그 한가운데엔 알프렛이 있다.

그건 하나의 강박으로 변한다.

얼마 후, 그녀는 한없이 그의 얼굴을 그린다.

사랑하는 이의 모습을 수백 장이나 스케치한다.

그가 했던 모든 말들 또한 기억한다.

현재가 영원의 형태를 띠기 시작한다.

그들의 첫날 밤 이후로 그는 다시 사라졌다.

한 마디도 소식을 들을 수 없다.

새엄마한테 노래도 더 이상 가르치지 않는다.
샬로테는 그의 침묵을 받아들일 수밖에 없다.
그가 말했었지, 그로부턴 아무것도 기대하지 말라고.
그래도 이건 너무 심하지 않은가.
이건 내 힘에 부치는 일이야.
샬로테는 외출하기 위해 옷을 갈아입는다.
새엄마에겐 친구를 만나러 나간다고 말해둔다.

저녁에 외출하는 것은 언제든 위험한 노릇.
검문을 당할 수 있는 거다, 말할 필요도 없이.
하지만 그런 위험이 뭐 그리 대수롭겠는가.
가끔은 미소가 서류를 대신해주는 수도 있잖아.
특히 아리안족의 외모를 지니고 있을 때는.
샬로테가 바로 그런 경우다.
그녀의 밤색 머리칼은 연하고 두 눈도 초롱초롱하다.
이 나쁜 피만 없었더라면 활개를 치며 살 텐데.
깜깜한 밤의 한가운데를 그녀는 걸어간다.
이윽고 그가 사는 곳 아래층에 서 있는 그녀.
반그림자 속에 숨은 채, 가슴은 열병인 양 뜨겁다.
올라가고 싶진 않아, 그냥 그 사람을 보고 싶어.
그리곤 깨닫는다, 그 사람, 강요하는 것만은 못 참을 거야.
그녀는 절대 그러지 않겠다고 약속하지 않았던가.
그의 자유를 완벽하게 존중해주겠다고 말이다.

하지만 그는 왜 소식을 일절 끊고 있는 걸까?

혹시 그가 자신의 감정을 속인 것은 아닐까?

나랑 지낸 밤이 끔찍스럽고도 실망스러웠나?

그래도 감히 나한테 말할 용기는 없었던 건 아닐까?

그래, 틀림없이 그거야.

그것 외에는 해석할 길이 없어.

어쩌면 내 이름조차 잊어먹었는지도 몰라.

샬로테; 내 이름을 그토록 즐겨 불렀던 그이가.

그 순간, 창문 너머로 그의 모습이 또렷이 보인다.

그의 그림자가 보였을 뿐인데 그녀의 마음은 어지럽다.

그의 방은 촛불로 밝혀져 있다.

촛불의 흔들림을 따라 알프렛이 나타났다 사라진다.

그것은 있을 법하지 않은 꿈의 속성을 현실에 부여한다.

바로 그 때, 하나의 실루엣이 그 장면을 방해한다.

거실에 어떤 여자의 모습이 어른거리는 것 같다.

그 여자는 고집스럽게 무언가를 찾고 있다.

그러더니 느닷없이 알프렛을 와락 껴안는다.

샬로테는 더 이상 숨을 쉴 수 없다.

그러나 알프렛이 자유의 몸이라는 걸 잘 안다.

한 번도 내 남자가 되겠다고 약속한 적이 없어.

우리 두 사람은 커플이 아니야.

게다가 우리 관계는 그저 한 순간이잖아.

140

다시 비가 내리기 시작한다.

언제나 이렇다, 서로 다가가기만 하면 비가 온다.

하늘은 그들의 만남을 위해 흐려진다.

샬로테는 움직일 수도, 비를 피할 수도 없다.

알프렛은 엄청 짜증이 난 것 같다.

그는 여자의 팔을 거세게 부여잡는다.

그리고 여자를 출구 쪽으로 데려간다.

이제 두 사람은 밖으로 나와 샬로테와 지척에 선다.

여자는 애원한다, 아니 도대체 무엇 때문이죠?

이렇게 비가 오는데 떠날 수는 없다고 분명히 말한다.

알프렛은 고집스럽게 광란의 몸짓으로 여자를 밀어낸다.

여자는 체념하고 고개를 떨군다.

알프렛은 꼼짝도 않고 서 있다, 아마도 안도감을 느끼며.

잠시 후 그는 시선을 돌린다.

그리고는 샬로테를 본다.

그는 샬로테에게 가까이 다가오라는 시늉을 한다.

그녀는 인적이 끊긴 길을 천천히 건너온다.

여기서 뭘 하는 거지? 그는 싸늘하게 묻는다.

그는 이미 대답을 알고 있다.

당신을 만나고 싶었어요, 통 소식이 없어서…

편지를 쓰려던 참이었어, 재촉해선 안 될 일이잖아.

그는 잠시 망설이다 올라오라고 말한다.

샬로테의 심장은 거세게 뛰기 시작한다.

그이의 왕국을 다시 보게 될 테니까.

이 초라한 방의 마룻바닥.

어쩌면 다시 그와 사랑을 나누게 될지도 모를 곳.

샬로테는 팔걸이도 없는 의자 가장자리에 잠시 앉는다.

거북함으로 몸이 경직된 채.

그녀는 둘 사이의 규칙을 어겨서 미안하다고 사과한다.

그는 단단히 화가 나 있다, 그게 또렷하게 느껴진다.

절대로, 절대로 오지 말았어야 하는 건데.

모든 게 끝났다, 그녀의 실수 때문에.

그녀는 그의 즐거움을 망치려고 태어났던 거다.

근데 뭣 때문에 몸을 파묻고는 이렇게 묻는 거지?

그런데 그 여자는 누구죠?

나한테 그런 거 묻지 마, 샬로테.

절대로 하지 마, 알아들어?

절대로.

하지만 이번만은 대답해주지.

그 여잔 내 약혼녀야.

몇 가지 자기 물건을 가지러 왔어, 그뿐이야.

아픈 것처럼 보이더군요, 샬로테는 그렇게 대꾸한다.

그래서?

내가 다른 사람들의 아픔까지 걱정해야 하나?

잠시 후 그는 덧붙인다, 다신 이러지 마.

뭘요?

찾아오는 것, 이런 식으로.

자네가 날 숨 막히게 하면, 자넨 날 잃게 돼.

미안해요, 용서해줘요, 샬로테는 되풀이한다.

그러다 다시금 용기를 낸다, 하지만 그 여잘 사랑해요?

누구 말이야?

음, 그러니까, 그 여자 말예요…

아무 것도 묻지 말라니까.

살아가면서 이런 말다툼할 시간이 어디 있다고 그래.

자네가 모든 걸 알고 싶으면, 우린 갈라서야 해.

그 여잔 잊어먹고 있던 책을 찾으러 왔어.

하지만 내가 그녀와 같이 있었다 해도 달라질 건 없어.

샬로테는 그가 하는 말을 더 이상 이해할 수 없다.

하지만 그건 중요하지 않다.

단지 자신이 지금 그와 함께 있다는 사실을 알 뿐이다.

바로 이런 감정을 몇 번이나 느끼는가?

한 번, 두 번, 혹은 전혀 한 번도.

샬로테는 한기에 몸을 떤다.

이빨이 맞부딪혀 소리를 낸다.

그는 이윽고 그녀의 몸을 녹여주기 위해 다가간다.

03

그의 침묵을 설명해줄 논리는 대체 무엇이었을까?

그녀를 다시 본다는 생각에 놀라는 것 같은 알프렛.

그는 한참동안 샬로테를 응시한다.

애당초 그걸 생각했을지 모른다.

그가 그녀를 찾으려고 별의별 짓을 다했다고 믿을까.

그건 정말 이해할 수가 없다.

샬로테는 결말도 없는 분석의 미로에서 길을 잃는다.

이건 전혀 도움이 안 돼, 아무 소용이 없어.

난 내 자신을 바치고 싶을 뿐, 그게 전부야.

알프렛은 전번보다도 더 잔인하다.

그는 욕정의 힘으로 그녀의 머리칼을 잡아당긴다.

샬로테의 입이 열린다.

그리고 연인의 몸을 따라 내려간다.

자신을 즐겁게 해주려는 그녀의 에너지가 그를 움직인다.

지금 샬로테는 미친 듯 열중해 있다.

그녀의 가슴을 휩쓸고 지나가는 건 오로지 희망이다.

그가 좋아하는 것을 샬로테는 너무나 잘 아는 것 같다.

행복한 마음으로 샬로테는 잠든다.

그는 그녀를 다시 바라본다, 숨죽인 야만성의 어린아이.

그러므로 우선 당장은 살아남아야 했다.

144

알프렛은 샬로테의 머리칼 속에 얼굴을 파묻는다.

어떤 이미지가 그에게 떠오른다.

뭉크의 어떤 그림과 같은 이미지.

여자의 머리칼에 묻힌 남자의 얼굴.

한동안 그러고 있던 그는 다시 몸을 일으킨다.

작업대를 향해 걸어가서 무언가를 쓰기 시작한다.

무슨 시든가, 아니면 두서없는 몇 개의 문구를.

그녀의 아름다움에 영감을 받아 몇 페이지를 쓴다.

샬로테가 눈을 뜬다.

연인의 생각이 내는 요란한 소리를 들었음인가?

그녀는 그가 써놓은 글에 다가간다.

당신을 위한 거야, 알프렛이 그렇게 말한다.

슈베르트의 음악을 상상하면서 그걸 읽어야 해.

네, 네, 알았어요, 즉흥곡을 머릿속에 떠올리며 답한다.

글을 읽기 시작하자, 한 마디 한 마디가 가슴에 와 닿는다.

글을 향해 가는 것이 항상 읽는 이의 몫인 것은 아니다.

강렬하고 고삐 풀린 망아지 같은 알프렛의 글은 특히.

샬로테는 한 마디 한 마디 마음으로 밑줄을 친다.

그녀와 그에 대한 그 말들은 어떤 세계의 이야기다.

그건 슈베르트의 *내림사장조* 즉흥곡이다.

둘은 은둔자들의 '내림'이요, 만인이 볼 수 있는 '장조'다.

샬로테가 한 페이지를 잡으려 하자, 알프렛은 가로막는다.

그는 종이뭉치 전체를 낚아챈다.

그리고는 불 속으로 던져버린다.

샬로테는 비명을 내지른다.

아니, 왜 그래요?

너무도 갑작스럽다.

순식간에 벌어진 일이다.

그걸 쓰기 위해 틀림없이 몇 시간을 바쳤을 텐데.

샬로테는 울음을 터뜨린다.

그녀는 절망감에 사로잡혀 있다.

어느 누구도 나에게 그런 글을 써준 적이 없었어!

그런데, 하나님, 이제 그것이 사라지고 없잖아!

알프렛은 그녀를 껴안아준다.

그건 없어지지 않았어, 언제나 그대로 있을 거야.

그러나 물리적인 어떤 형태로는 아니야.

기억 속에 남는 거지.

그건 슈베르트의 음악과 더불어 존재할 거야.

사람들이 듣진 않지만, 그래도 거기 있는 음악 말이야.

계속해서 그는 자신의 행동에 담긴 아름다움을 설명한다.

본질적이고 중요한 것은, 그 말들이 적혔다는 사실이야.

나머지는 중요하지 않아.

이제 더 이상 하찮은 것들에게 증거를 남겨두어선 안 돼.

우리의 삶과 기억은 우리가 알아서 정리해야만 해.

<u>04</u>

같은 시각, 프랑스, 어떤 남자가 자리에서 일어선다.
자기 방의 거울에 비친 자신의 모습을 찬찬히 뜯어본다.
스스로를 알아보지 못하는 것도 오래 된 일이다.
자기 이름조차 간신히 말할 정도다, 헤어셸 그린슈판[24].

유대계 폴란드인, 17세, 강제 추방 후 파리에 거주 중.
그는 누나로부터 막 절망적인 편지 한 통을 받았다.
가족 모두가 국외로 추방되었단다.
사전 통고도 받지 못한 채 고국을 떠나야 했단다.
그들은 지금 난민수용소에 있다.
그린슈판의 삶은 너무도 오랫동안 수모와 치욕뿐이다.
그는 생각한다, 나의 존재는 생쥐의 그것과 다름없어.
이윽고 1938년 11월 7일 아침, 그는 이렇게 쓴다.
온 세상이 내 외침을 들을 수 있도록 나는 항거해야 한다!

권총을 품에 숨긴 그는 독일대사관에 잠입한다.
약속이 잡혀 있다면서 어느 외교관의 집무실로 들어간다.

---

24 Herschel Grynszpan : 독일에서 태어난 유대계 폴란드 이주민으로 독일에서는 Hermann Grünspan(헤어만 그륀슈판)으로 알려져 있다. 그는 1938년 11월 7일 파리에서 나치 독일의 외교관인 Ernst vom Rath(에언스트 폼 라트)를 암살함으로써, 이틀 후부터 시작된 저 악명 높은 Kristallnacht(나치 민병대의 무차별 유대인 학살)의 빌미를 제공한 것으로 전해진다. _옮긴이

후일 사람들은 말할 것이다, 묵은 원한을 풀고 싶었던 거라고.

내밀한 성적인 문제가 고약하게 꼬여버린 거라고.

그게 뭐 중요하겠는가?

이 순간 중요한 건 오직 증오일 따름.

제3참사관 에언스트 폼 라트의 얼굴은 납빛으로 변한다.

이 젊은이의 단호한 결심이라니, 추호도 의심의 여지가 없다.

그러나 죽이고자 하는 쪽도 몸을 떤다.

그의 손은 땀에 젖어 있다.

끝도 없이 계속될 것만 같은 장면.

하지만 그럴 수는 없다.

이제 그는 방아쇠를 당긴다.

아주 가까이서 그 독일인을 쏜다.

연이어 몇 번씩이나.

참사관의 머리가 책상에 부딪힌다.

관자놀이에 균열이 생긴다.

피가 바닥을 적신다.

저격자의 주위로 붉은 피가 고이기 시작한다.

대사관 직원들이 들어선다.

그린슈판은 달아날 시도조차 하지 않는다.

이 소식은 금세 베를린 전역에 퍼진다.

퓌러[25]는 격렬한 분노에 사로잡힌다.

지체 없이 앙갚음을 해주어야 할 것!

그놈이 어떻게 감히 그런 짓을!

빨리, 이 버러지만도 못한 놈을 짓밟아버려!

아니, 그걸로는 안 돼지.

그놈만으론 부족해.

모조리 다 없애야 해!

그놈의 종족 모두를!

그 종족이 퍼져나가고 있어!

폼 라트를 죽인 것은 유대인 전체라고!

광란의 분노에 일종의 쾌감이 스며든다.

복수의 즐거움이.

완벽한 분노의 폭발.

그렇게 크리스탈나하트[26]의 비극은 시작된다.

1938년 11월 9일에서 10일까지.

그들은 공동묘지를 훼손한다.

그들은 사유재산을 파멸시킨다.

수만 개의 상점들이 잿더미로 변한다.

상품들은 모조리 약탈당한다.

---

25 der Führer : 지도자, 독재자를 의미하는 독일어로, 흔히 히틀러를 가리킨다. _옮긴이

26 Kristallnacht : 1938년 11월 9일 나치 대원들이 독일 내 수만 개의 유대인 가게와 유대교 사원을 약탈하고 불태워버린 날을 가리킨다. 박살난 유대인 상점의 유리창 파편들이 거리에 깔려 반짝거리던 모습 때문에 '수정의 밤'이란 이름으로 불린다. 이 사건을 기점으로 하여 나치의 광적인 유대인 말살정책이 시작됐지만, 언론과 지식인들은 침묵으로 일관했다. 당시 독일 인구의 3% 정도밖에 안되면서도 전체 국부의 4분의1을 차지했던 유대인에 대한 질시 때문이었다. _옮긴이

불타는 회당 앞에서 몇몇 유대인에게 노래하라고 강요한다.

그리고는 그들의 수염에 불을 붙인다.

극장 무대 위에서 두들겨 맞아 죽은 이들도 있다.

그들의 주검은 마치 쓰레기처럼 쌓인다.

수만 명이 강제수용소에 수감된다.

수만 명이.

그 속에 샬로테의 아버지도 포함된다.

05

잘로몬 식구들은 침묵 속에 점심식사를 하고 있다.

누군가 문을 두드린다.

샬로테는 아버지를 바라본다.

소음 하나하나가 위협이다.

그럴 수밖에 없는 상황.

모두가 식탁 주위에 앉아 있다.

두려움에 사로잡혀 얼어붙은 듯 꼼짝도 않고.

다시 문을 두드린다.

두드리는 손길이 한층 더 날카롭다.

어떻게든 반응을 하지 않을 수 없다.

그렇게 하지 않으면 문을 부수고 난입할 것이다.

마침내 알베어트가 몸을 일으킨다.

어두운 제복의 두 사람이 나타난다.

알베어트 잘로몬?

그렇소.

우릴 따라오시오.

어디로 가는 거요?

일체 질문은 하지 마시오.

소지품을 좀 챙겨가도 되겠소?

그럴 필요 없소, 서두르시오!

파울라가 끼어들 태세를 취한다.

알베어트는 잠자코 있으라는 시늉을 한다.

골치 아픈 상황은 피하는 게 더 낫다.

저들은 조금만 심사가 뒤틀려도 총을 쏴댈 터.

그들이 원하는 건 나야, 이미 그런 걸 어쩌겠는가.

틀림없이 심문을 하려는 게지.

오래 걸리진 않을 거야.

내가 전쟁 영웅이라는 사실을 깨닫게 될 테니까.

난 독일을 위해서 피를 흘리지 않았던가.

알베어트는 외투를 걸치고 모자를 쓴다.

그리곤 몸을 돌려 아내와 딸을 껴안는다.

꾸물대지 마시오!

그들은 짧게, 뭔가를 훔치듯 서로 키스한다.

그는 돌아보지 않고 아파트를 나간다.

샬로테와 파울라는 서로를 꼭 껴안는다.

두 사람은 모른다, 왜 그를 데려가는지.

두 사람은 모른다, 어디로 그를 데려가는지.

두 사람은 모른다, 얼마 동안이 될지.

두 사람은 아무 것도 알 수가 없다.

카프카는 〈소송〉에서 이런 상황을 묘사했다.

주인공 요젭 K는 영문도 모른 채 체포당한다.

알베어트처럼 그도 일체 항거하지 않기로 한다.

분별 있는 단 하나의 태도는 상황에 적응하는 것.

그래, 그렇다.

이것이 바로 그 "상황"이다.

상황을 거슬러 할 수 있는 거라곤 하나도 없다.

그러나 이런 상황은 어디까지 간단 말인가?

이 과정은 돌이킬 수 없는 것 같은데.

모든 게 이미 그 소설 속에 다 쓰여 있는데.

요젭 K는 결국 개죽음을 당할 터인데.

마치 그는 죽어도 모멸감은 살아남듯이.

06

최소한의 설명도 없이 알베어트는 투옥된다.

베를린 북쪽에 있는 작센하우젠 강제수용소.

그는 다른 수감자들로 가득찬 방에 갇힌다.

그가 알 만한 얼굴도 더러 있다.

마음을 진정시키기 위해 몇 마디 주고받는다.

가련하게도 낙관적인 장면을 되살려보기도 한다.

하지만 이제 그걸 믿는 사람은 아무도 없다.

먹지도 마시지도 못한 채 시들어가도록 놔둘 것이다.

어째서 아무도 그들을 보러 오지 않는 걸까?

같은 동포를 어쩌면 이렇게 대할 수 있단 말인가?

몇 시간 뒤 장교들이 도착한다.

그들은 수용소의 문을 연다.

몇몇 사람들의 항의가 터져 나온다.

그들은 즉시 불평분자들을 잡아낸다.

이들은 수용소의 반대편 모퉁이로 끌려간다.

아무도 그들의 모습을 다시 보지 못할 것이다.

수감자들은 모두 심문을 받을 거라는 설명이다.

모두 한 줄로 정렬!

얼어붙은 날씨에 그들은 몇 시간씩 선 채로 기다린다.

너무 늙었거나 너무 아파서 견디지 못하는 이들도 있다.

쓰러지는 사람들은 어디론가 실려 간다.

그들 또한 다시는 모습을 볼 수 없을 것이다.

이제 나치는 벌건 대낮에 사람을 처형하진 않는다.

저항이 심하거나 병약한 이들은 은밀하게 처치한다.

알베어트는 위엄을 지키는 수감자들의 한가운데 서 있다.

그래, 위엄을 지키는 수감자들.

다른 건 몰라도 아픔만은 안 드러내려는 의지가 느껴진다.

그나마 지킬 수 있는 유일한 위엄.

다른 어떤 것도 남아 있지 않을 때.

꼿꼿이 서 있고자 하는 욕망.

그가 심문받을 순서다.

아들뻘로 보이는 젊은이와 마주 앉는다.

의사로군, 키득키득 웃는 그.

네.

놀랄 일도 아니지, 전형적으로 유대인의 일이니까.

여기선 절대 빈둥거려선 안 돼, 지저분한 게으름뱅이!

어떻게 나를, 이 나를, 게으름뱅이 취급한단 말인가?

평생을 두고 허리가 부러지도록 일만 해왔는데!

의학의 진보를 위해서 말이야!

멍청한 네놈이 위궤양으로 죽지 않는다면, 그건 내 덕분이야!

도무지 견딜 수가 없는 알베어트는 눈길을 내려버린다.

날 쳐다봐! 어린 나치가 소리를 지른다.

내가 말할 땐 날 쳐다보란 말이야, 버러지 같으니라고!
알베어트는 꼭두각시처럼 머리를 쳐든다.
그가 내미는 종이를 받아든다.
그에게 배당된 감방 호수와 죄수번호를 읽는다.
그는 더 이상 이름을 가질 권리도 없다.

처음 며칠은 참으로 끔찍하기 짝이 없다.
육체노동이라곤 해본 적이 없는 알베어트.
녹초가 되었지만, 그래도 견뎌내야 한다는 걸 잘 안다.
쓰러지면, 여길 떠나야 할지 모르는 노릇.
다시는 돌아오지 못할 그곳으로 떠나야 할지도.
육신의 피로는 그에게서 사고할 수 있는 능력을 앗아간다.
때때로 더 이상 아무 것도 알 수 없는 일이 생긴다.
이젠 모르겠다, 내가 어디 있는 건지, 내가 누구인지.
마치 악몽에서 막 깨어났을 때처럼.
현실을 다시 느끼려면 약간의 시간이 필요하다.
알베어트는 오랫동안 그런 영역을 벗어나지 못한다.
의식이 방황하는 그런 영역을.

샬로테와 파울라는 명료한 정신으로 녹초가 된다.
소식을 듣지 못해 심신이 초췌하다.
백여 명의 여자들과 더불어 그들도 경찰서로 간다.
빌딩 아래 여자들의 항의가 거세다.

우리의 남편들은 어디에 있는가?

우리의 아버지들은 어디에 있는가?

그들은 단 한 가지 정보를 간청한다.

살아 있다는 증거를 달라고 애걸할 뿐이다.

샬로테는 어찌어찌 한 사무실로 들어간다.

그녀는 따뜻한 모포 하나를 갖고 왔다.

이걸 아버지한테 갖다 주고 싶습니다, 간청하는 샬로테.

관리들은 웃음을 터뜨리지 않으려고 안간힘을 쓴다.

마침내 어떤 장교가 묻는다, 아버지 이름이 뭐야?

알베아트 잘로몬입니다.

그래, 알았어, 우리가 처리해줄 테니, 돌아가도 좋아.

하지만 괜찮으시다면 제가 직접 갖다 드리고 싶어요.

그건 안 돼.

지금은 어느 누구의 방문도 허락되지 않아.

샬로테는 잘 안다, 지금 고집을 피워서는 안 된다는 걸.

어떻게든 담요를 아버지한테 전하려면, 입을 다물어야 해.

샬로테는 조용히 물러난다.

잠시 후, 장교들은 서로 낄낄댄다.

아, 귀여운 것!

사랑하는 아빠를 걱정하는 유대인 계집아이라니!

아.. 제발, 오.. 제발.. 그들은 마음껏 비웃는다.

진흙투성인 군화를 담요에다 문지르면서.

07

여러 날이 흘러간다.

수감자들의 운명에 대해 갈수록 나쁜 소문만 들린다.

백여 명이 죽었다고 수군거린다.

파울라와 샬로테는 아직 어떤 소식도 못 들었다.

알베어트는 아직 살아 있는 걸까?

왕년의 명가수는 남편의 석방을 위해 백방으로 뛰어다닌다.

나치의 다양한 서열에는 아직도 자신의 팬이 더러 있다.

그들이 어떻게 도와줄 수 있는지를 알아볼 것이다.

그게 쉽지 않아요, 아무도 석방해주질 않는 터라…

제발 부탁해요, 이렇게 간청합니다.

그렇게 끊임없이 애원한다.

견딜 수 없는 기다림 가운데, 알프렛이 나타난다.

그는 힘자라는 데까지 둘의 근심을 덜어주려 한다.

파울라가 등을 돌리면 그는 샬로테를 포옹한다.

하지만 그 자신의 마음도 불안에 시달린다.

지금까지 체포의 표적이 된 건 엘리트들이었다.

지식인, 예술가, 교수, 의사.

머지않아 저들은 보통 사람들을 향해서도 공격할 터.

그렇게 되면 그는 맨 앞줄에 노출될 것이다.

누구나 달아날 방법을 찾는다.

하지만 어디로?

어떻게?

국경은 이미 폐쇄되었는데.

오로지 샬로테만이 떠날 수 있다.

스무 살 미만의 유대인은 가능하다.

출국하기 위해서 여권도 필요하지 않다.

이제 몇 달밖에 남지 않았다.

할아버지 할머니는 최근의 정세를 잘 파악하고 있다.

전번 편지에선 샬로테가 그들에게 오기를 애원했다.

여기, 프랑스 남쪽은 천국이란다, 그렇게 말했다.

넌 더 이상 독일에 머물러 있을 수 없어.

그건 너무도 위험한 일이 되고 있구나.

파울라도 그들과 같은 의견이다.

그러나 샬로테는 그렇게 떠나버릴 수 없다.

아버지도 다시 못 만난 채.

사실을 말하자면, 그건 핑계다.

샬로테의 마음은 이미 굳어 있다.

난 결코 떠나지 않을 거야!

절대 알프렛을 두고 가진 않을 거란 간단한 이유로!

파울라의 숱한 노력은 결국 보답을 받는다.

넉 달이 지난 후, 알베어트는 수용소에서 풀려난다.

그는 집으로 돌아오지만, 이미 예전의 그가 아니다.

참혹하리만치 수척하고 얼이 빠져 침대에 몸을 누인다.

파울라는 커튼을 내리고 남편이 잠들도록 해준다.

샬로테는 충격에 빠진다.

여러 시간 동안 아버지의 곁에 머문다.

절망이 영혼을 갉아먹지 못하도록 안간힘을 쓰면서.

숨쉬기조차 벅찬 아버지의 모습에 근심 가득한 샬로테.

그의 곁을 지키면서, 그녀는 묘한 감정을 느낀다.

죽음으로부터 그를 보호할 수 있다는 느낌을.

서서히, 아버지는 원기를 되찾는다.

그러나 그는 거의 입을 떼지 않는다.

낮 동안은 내내 잠들어 있다.

밤에도 일하느라 깨어 있기를 그토록 좋아했던 그가.

어느 날 아침 그는 눈을 뜨자마자 아내를 부른다.

곧장 달려온 파울라.

무슨 일이에요, 여보?

그는 입을 열지만, 아무 소리도 들리지 않는다.

무얼 원하는지 말을 하지 못한다.

한참 후에야 하나의 이름을 뱉어낸다, 샬로테…

샬로테를 어떡하라고요?

샬로테… 그 아이는… 떠나야 돼.

그 말이 남편을 아프게 한다는 것, 파울라는 잘 안다.

그 어느 때보다 딸이 곁에 있어줘야 할 때니까.

그러나 이제 더 이상 희망이 없다는 걸 그는 잘 안다.

직접 두 눈으로 그 끔찍한 공포를 보지 않았던가?

달아나야 해, 한 시라도 빨리.

달아나는 것조차 불가능해지기 전에.

08

물론 샬로테는 거절한다.

그녀는 떠나고 싶지 않다, 아니, 떠날 수가 없다.

하지만 그들은 윽박지른다, 더 꾸물댈 시간이 없어!

안 돼요, 아빠를 버리고 싶지 않아, 샬로테가 되풀이한다.

가짜 여권이 마련되면 널 뒤따라갈게, 그렇게 달랜다.

안 돼, 떠나기 싫어, 떠나고 싶지 않아요.

파울라와 알베어트는 이해할 수 없다.

단지 알프렛만이 진실을 알고 있다.

그가 보기에 샬로테의 태도는 어이없고 지나치다.

죽음을 무릅쓸 만큼 가치 있는 사랑은 없어, 그렇게 생각한다.

여기서 우릴 기다리는 건 죽음뿐인데.

샬로테는 도통 들으려고 하지 않는다.

자기 뜻대로 할 뿐, 그러니까 마음이 가는 대로.

끊임없이 '당신을 떠날 수 없어요'를 반복하면서.

당신을 얼마나 사랑하는지 알죠, 참혹한 고통일 거예요.

그는 샬로테의 두 손을 잡는다.

물론 그는 샬로테를 이해할 수 있다.

격정적이고 뜨거운 그녀의 기질을 사랑한다.

두려움보다 더 강한 사랑의 아름다움.

그러나 지금은 의문의 여지가 없다.

샬로테를 윽박지를 수밖에 도리가 없다.

지금 떠나지 않는다면, 널 영원히 보지 않을 거야!

샬로테는 알프렛을 너무나 잘 꿰뚫고 있다.

이건 절대 허튼 소리가 아니야.

내가 떠나지 않으면, 그이는 내 삶에서 사라질 거야.

이게 그녀가 귀를 기울일 수 있는 유일한 협박이다.

약속할게, 남프랑스에서 당신을 꼭 만날 거야.

하지만 어떻게 하려고요?

나도 더러 연줄이 있어, 그녀를 안심시키는 알프렛.

이 사람을 어떻게 믿는담?

더 이상 그럴 수가 없다.

난 내 삶을 버리고 싶지 않아.

난 여기서 태어났어.

왜 나는 아직도 고통을 감내해야 하지?

떠나느니 차라리 죽었으면 좋겠어.

그녀는 진지하게 죽음을 생각해본다.

아버지가 샬로테를 보고 싶어 한다.

딸의 손을 부드럽게 잡는다.

그리곤 되풀이한다, 애야, 부탁한다, 넌 떠나야 해.

그의 눈에서 눈물이 뚝뚝 떨어진다.

아버지의 우는 모습을 생전 처음 보는 샬로테.

온 세상이 그의 얼굴 위로 흔들린다.

그녀는 수건을 꺼내 눈물을 닦아준다.

순간 알베어트는 프란치스카를 떠올린다.

이 장면에서 두 사람의 첫 만남이 되살아난 것이다.

전선에서 멀지 않은 곳, 그가 수술에 여념이 없을 때.

프란치스카가 손수건을 꺼내 코를 닦아주었지.

그 두 장면이 그의 내면에서 공명共鳴한다.

어머니와 딸이 같은 제스처로 하나가 된다.

그리고 깨닫는다, 더 이상의 동요는 없을 터.

이 *제스처*를 통해 샬로테는 떠나야 함을 받아들인다.

09

달아나는 데도 실제로 여러 가지 형태가 있다.

파울라는 시부모에게 가짜 서류를 써달라고 부탁한다.

할머니가 임종을 앞두고 있다는 편지를.

병세가 너무 악화돼, 손녀를 꼭 만나고 싶다고.

이 증빙을 갖고서 샬로테는 프랑스영사관을 찾는다.

그리고 며칠간 머물 수 있는 비자를 얻는다.

그래, 이제 서류는 문제없다.

샬로테는 마지막 몇 시간을 멍한 채로 보낸다.

여행가방 앞에서 꼼짝 않고 앉아 있다.

아주 자그마한 여행가방, 단기체류의 알리바이.

가져갈 수 있는 소지품은 하잘 것 없다.

고작 몇 가지 기념품을 택할 수밖에 없다.

어떤 책을 선택하지?

어떤 그림을?

마침내 파울라의 음반 하나를 갖고 가기로 한다.

자신이 너무도 좋아하는 카르멘이 담긴 음반.

행복했던 한때를 회상하게 해줄 음반을.

홀로 공동묘지를 찾아 엄마에게 작별을 고하는 샬로테.

여러 달 동안 엄마는 천사가 되었다고 믿었었지.

베를린의 하늘을 떠다니는 엄마를 상상했었지.

희망의 나래를 펴고 말이야.

이제 모든 게 끝났어.

샬로테는 현실을 마주하고 있다.

하늘은 텅텅 비어 있다.

그리고 엄마의 육신은 여기서 썩어가고 있다.

엄마의 유골을 안고 있는 이 무덤에.

기억나는 것은 단지 엄마의 따뜻함뿐일까?

엄마가 자신을 품에 안았을 때처럼?

그리고는 자신에게 노래를 불러주었을 때처럼?

아니, 이제 더는 아무것도 존재하지 않았던 것 같다.

바로 이 장소의 맨 처음 기억 이외에는.

이모의 무덤에서 자신의 이름을 읽었을 때.

샬로테, 최초의 샬로테.

그래, 여기 영원히 한 몸이 된 두 자매.

샬로테는 묘비 하나마다에 흰 장미를 내려놓는다.

그리고 떠난다.

아버지를 마주보고, 그녀는 눈물을 뿌린다.

병약해진 아버지는 딸과 역까지 동행할 수도 없다.

*곧 다시 만나자*는 말로 서로를 격려한다.

우리, 곧 다시 만날 거야.

모든 게 곧 좋아질 거야.

아버지는 지나치게 조심스럽다.

다정함조차도 그에겐 불편한 걸까.

그러나 이날만큼은 숨을 들이쉬듯 딸을 보듬는다.

마치 무슨 보물을 간직하려는 것처럼.

가능한 한 오랫동안 가슴속에 묻어두려는 것처럼.

샬로테는 오래오래 아버지를 껴안는다.

그리고 그에게 흔적을 남긴다.

립스틱의 흔적이 아니라

입술을 꼬옥 누르고 있었다는 흔적을.

10

기차역 플랫폼에는 몇몇 경찰이 순찰을 하고 있다.

파울라와 알프렛 사이에서 샬로테는 일체 내색할 수가 없다.

감정이 심하게 드러나면 시선을 끌게 될 테니까.

그렇게 되면 세 사람을 심문하게 될 테니까.

이 어린 아가씨, 왜 이렇게 울고 있는 거요?

기껏 한 주일 떨어져 있는 거잖아, 안 그래요?

그럴 순 없다, 계획이 틀어져버리게 해서는 안 돼.

의연하고 당당하게 처신해야만 해.

가슴을 찢더라도 캐주얼한 태도로.

샬로테는 자신의 아픔을 울부짖고 싶다.

이럴 수는 없어!

모든 것을 남겨두고 떠나다니!

아버지, 파울라, 엄마의 무덤까지!

모든 기억과, 삶과, 유년기의 회상까지!

무엇보다 샬로테는 그 사람, 그 사람을 떠난다.

나의 큰 사랑, 내 유일한 사랑.

나의 눈에는 삶의 전부인 그 사람.

나의 연인, 나의 영혼.

알프렛은 자신의 혼동을 숨기는 게 쉽지 않다.

보통 땐 너무도 수다스럽던 그가 입을 닫고 있다.

그가 느끼는 것은 생전 처음이라 딱히 정의할 수 없다.

그 광경을 아스라이 덮어주는 기차 연기.

플랫폼은 그 어느 때보다 호숫가처럼 보인다.

최후의 장면을 위한 이상적인 무대.

알프렛은 샬로테의 귀에 슬그머니 입술을 댄다.

그녀는 생각한다, 날 사랑한다고 말할 거야.

하지만 아니다.

그는 그보다 더 중요한 한마디를 속삭인다.

그녀가 끊임없이 돌이켜 생각하게 될 한마디.

두고두고 그녀를 홀리는 본질이 될 한마디를.

내가 널 믿었다는 사실, 절대 잊지 말게.

제 6 부

01

조금씩 작아지다가 한 점이 되는 플랫폼을 바라본다.

창밖으로 내민 머리를 바람이 거세게 몰아친다.

열차 칸 안에서 무뚝뚝한 목소리가 들린다.

아가씨, 창문 좀 닫아주겠소?

샬로테는 얼른 문을 닫고 자리에 앉는다.

그녀는 눈물을 참으며 창가에 펼쳐지는 풍경을 내다본다.

몇몇 승객이 말을 걸지만, 그녀는 짧게 대답할 뿐.

오로지 대화를 끝장내버리기 위해 그러는 것이다.

그런 그녀를 사람들은 무례하다고, 아니 거만스럽다고 하겠지.

하지만 그들이 뭐라 생각하든 상관없다.

그런 건 더 이상 중요하지 않으니까.

프랑스와의 국경에서 그들은 샬로테의 서류를 검사한다.

무슨 일로 여행을 하고 있는지도 물어본다.

할머니가 편찮으셔서 찾아뵈려고 해요.

세관원은 그녀에게 환한 미소를 보내준다.

예쁘장한 아리아족 흉내 내기 놀이야 어렵지 않다.

아리아족 역할만 잘 하면 모든 게 환상적이다.

그건 어느 누구도 나에게 침을 뱉지 않는 세상.

바로 바바라가 사는 세상이다.

사람들은 나를 좋아하고, 우대해주고, 공경한다.

심지어 이런 말도 해준다, 행운을 빌어요!

열차가 파리에 들어선다.

잠깐 동안 샬로테는 경탄을 금치 못한다.

그 이름 때문에 ; 파리!

프랑스가 전해주는 약속 때문에.

하지만 그녀는 서둘러야 한다, 다음 열차를 놓치면 안 되니까.

가까스로 시간에 맞춰 자리를 잡는다.

사람들은 다시금 그녀에게 말을 걸어온다.

그러나 샬로테는 프랑스어를 못한다는 시늉을 해준다.

그건 외국을 여행할 때 유리한 점이다.

일단 그 나라 말을 못한다는 것만 깨닫게 해주면 돼.

그러면 더 이상 말을 걸어오지 않으니까.

샬로테는 기차가 통과하는 시골의 아름다움에 홀딱 반한다.

그녀는 생각한다, 이 나라엔 색채가 훨씬 더 많구나!
그녀는 알고 있다, 많은 화가들이 이 길을 따라갔었지.
프랑스 남쪽의 빛을 발견하기 위해서.
마음을 사로잡는 이 황금빛 광채를.
그녀 역시 그처럼 격한 감동을 느끼게 될까?
그녀의 눈앞으로 끊임없이 검은 베일이 지나간다.
그러자 배가 쓰라리기 시작한다.
놀랍다, 이렇듯 육신이 깨어나는 게!
배가 고프다면, 그건 살아가는 모든 게 진짜라는 얘기.
옆에 앉아 있던 여자가 사과 한 알을 준다.
허기진 샬로테는 허겁지겁 덤벼들어
사과 속까지 알뜰하게 먹어치운다.
옆 자리의 여자가 깜짝 놀란다.
그토록 식욕이 왕성할 줄은 미처 몰랐기 때문이다.
이제 그 여자는 거의 겁이 날 정도다.
사과 한 알을 마파람에 게 눈 감추듯 먹어버렸으니.

니스에 도착하자 샬로테는 매표소로 가서 확인한다.
갖고 있던 서류를 보여준다; 빌프랑시-쉬르-메르.
그들이 버스 한 대를 가리켜주자, 가서 맨 앞자리에 앉는다.
그래도 걱정이다, 길을 잃거나, 내릴 데를 놓치면 안 되는데.
그래서 이번엔 운전기사에게 쪽지를 다시 보여준다.
30분 후 운전사는 이제 다 왔다는 시늉을 해준다.

샬로테는 프랑스어로 말하면서 차에서 내린다, 고마워요.
버스가 떠나자 그녀는 다시 혼잣말을 한다, 고마워요.
외국어를 말한다는 것은 기분 좋은 노릇이 아닌가.
특히 모국어가 만신창이일 땐 더구나.
추방이란 한낱 내 몸이 어디 있느냐의 문제일 뿐.
고마워요, 그 한 마디가 그녀에게 피신처를 제공한다.

다시 한 번 샬로테는 어떤 여자에게 길을 묻는다.
이 여자는 오틸리 무어 댁을 아주 잘 알고 있다.
하긴 여기 사는 사람은 누구나 알 테지만.
돈 많은 이 미국 부인, 이 지역에선 유명인사니까.
그 사람은 적지 않은 고아들을 받아들이고 있다.
그리고 무용이나 심지어 서커스 기술까지 가르쳐준다.
이 구불구불한 길을 따라가기만 하면 돼요, 아가씨.
아주 쉽게 찾을 수 있을 거야.

날씨는 덥고, 길은 가파르다.
그처럼 길었던 여정의 마지막 힘든 고비.
얼마 후 샬로테는 할아버지 할머니를 껴안을 수 있으리라.
그들에겐 자신이 도착하는 날짜를 미리 알려줄 수 없었다.
손녀가 이렇게 나타나면 얼마나 놀랄까!
할머니 할아버지를 만나지 못한 게 너무도 오래 되었다.
많이들 변하셨을까?

그보다는 그들이 샬로테를 알아보지 못할 테지.

그들이 떠날 땐 꼬마였던 샬로테, 이젠 어엿한 아가씨니까.

침울한 마음에도 불구하고 흥분은 강렬하다.

샬로테는 마침내 에르미타쥬 저택 앞에 이른다.

언덕 위에 세워진 장려壯麗한 저택.

정원은 천국을 닮아 있다.

푸른 잎새 뒤로 아이들이 뛰노는 것을 느낄 수 있다.

아이들의 웃음소리도 들린다.

샬로테는 아직 대문의 초인종을 누를 용기가 나지 않는다.

여기엔 새로운 삶이 나를 기다리고 있을 테지.

여기서 몇 미터만 건너가면 충분할 거야.

미지의 세계로 뛰어들기 위해선.

무언가가 샬로테를 멈칫하게 만든다.

어떤 힘이 뒤에서 당기는 것 같다.

거의 누군가가 자신을 부르고 있다는 느낌이 든다.

소스라쳐 몸을 휙 돌린다.

그리고는 지중해의 장엄한 광채와 마주친다.

샬로테는 여태 그런 아름다움을 한 번도 본 적이 없었다.

02

그로부터 몇 분 뒤 정원에 서 있는 샬로테.

그녀의 도착을 축하해주는 아이들에 둘러싸여서.

오틸리 무어는 아이들에게 조용하라고 지시한다.

샬로테 언니를 푹 쉬게 해줘야 해, 너무 지쳐 있거든.

요리사 비토리아 브라비가 레모네이드를 만들어준다.

이처럼 소란한 와중에 할머니 할아버지는 꼼짝도 않고 있다.

할머니의 두 눈에 눈물이 그렁그렁하다.

자신을 둘러싼 소란으로 샬로테는 헉, 숨을 들이쉰다.

이 같은 질문 공세에 응답하는 데는 익숙하지 않다.

여행은 괜찮았어요?

지금 기분이 어때요?

부모님은 어떠세요?

독일은 지금 어떤 상황이죠?

샬로테는 더듬거리며 잘 모르겠다고 답한다.

지난 이틀 동안 거의 입을 닫고 지내왔는데…

그런데 이처럼 자신이 없다니.

다른 무엇보다도 침통한 모습만 보이다니.

무언가가 그녀를 불편하게 만든다, 유난스럽게도.

여기 있다는 게 죄책감으로 다가온다.

오틸리는 이런 불편함을 재빨리 알아챈다.

이리 와, 샬로테, 네가 쓸 방을 보여주마.

놀라움에 가득한 시선을 받으며 둘은 정원을 떠난다.

할아버지는 결론짓는다, 여전히 예전처럼 침울하구나.

그리곤 덧붙인다, 자기 엄마를 쏙 빼닮았다니까.

그런 할아버지를 할머니가 째려본다.

그거, 듣고 싶지 않은 말이니까.

그 말이 암시하는 바를 알고 싶지 않으니까.

그렇지만 옳은 말이긴 해.

나 자신도 그 명백한 사실에 한 방 얻어맞았거든.

샬로테는 믿을 수 없으리만치 프란치스카를 닮았어.

얼굴 생김새도 물론 그렇지만, 태도까지도 쏙 뺐다니까.

엄마와 딸이 꼭 같은 슬픔을 나눠 갖고 있어.

마땅히 기쁜 일이어야 하건만, 더 이상 기쁨이 아니다.

심지어 어떤 두려움이 고개를 쳐들기 시작한다.

03

샬로테는 몇 시간이고 잠에 빠져 있다.

그리곤 한밤중에야 깨어난다.

이 첫날 밤 그녀는 맨발로 정원을 거닌다.

나이트가운을 입고 자유의 느낌을 만끽한다.

별을 뿌려놓은 하늘은 거의 황금빛의 창백한 블루.
그녀는 나무를 쓰다듬고 꽃내음을 들이마신다.
그런 다음 잔디 위에 몸을 뻗고 눕는다.
펼쳐진 광활함 속에 알프렛의 얼굴이 보인다.
입에 구름을 머금은 그의 모습이.
그렇듯 욕망이 자신의 몸을 침범하게 내버려둔다.

며칠이 지나도 샬로테는 언제나 그렇게 말수가 적다.
사람들은 그녀가 너무 내성적이라 생각한다.
아이들이 별명을 붙여준다, 새침데기.
아이들은 샬로테와 함께 놀고 싶다.
우선 그녀는 아이들에게 그림을 그려주기로 동의한다.
오틸리는 그녀에게서 특별한 재능을 본다.
심지어 이렇게 말한다, 우리 집에 천재화가가 생겼네.

미국 부인은 계속 그림을 그리라고 샬로테를 격려하게 된다.
샬로테가 그림으로 생계를 유지하도록 그림도 사줄 것이다.
또 전쟁통이지만 그림 그릴 종이를 얻도록 조치할 것이다.
이 부인의 너그러움에는 끝이 없는 것 같다.
지금껏 남아 있는 오틸리의 사진에서 그녀는 항상 웃고 있다.
그 표정에는 기이함이 살짝 어려 있지만.

빌프랑시-쉬르-메르 사람들은 아직 그녀를 기억한다.

1968년 그녀의 놀라운 저택은 헐리고 말았다.

그 자리엔 소위 최고급주택이 하나 들어섰다.

정원의 일부는 수영장으로 변했다.

단지 거대한 소나무 두 그루만 살아남았다.

그녀를 매달았던 그 소나무.

지금은 저택 주위로 높은 벽이 둘러쳐져 있다.

불청객들이 들어오지 못하도록.

불청객과 샬로테 잘로몬에 빠져버린 작가가 못 들어오도록.

어떻게 비집고 들어갈 수 있을까?

불가능한 일이다.

누구든 그토록 따뜻이 맞아주던 이곳은 이후 접근금지다.

거기 바보처럼 멍하니 서 있던 날 보고 어떤 남자가 도와주겠단다.

우린 잠시 얘기를 나누고, 난 그의 이름을 묻는다.

그는 미셸 베치아노라고 자신을 소개한다.

내가 조사하는 목적을 말해주자, 그는 놀라지 않는 것 같다.

어떤 유럽인이 나랑 똑같은 조사를 한 적이 있다고 알려준다.

그래, 그는 '유럽사람'이란 표현을 쓴다.

삼사 년쯤 되었지요, 아마도? 그렇다면…

샬로테를 추적하는 사람이 나 말고도 있다는 얘기.

우린 느슨하지만 하나의 종파를 이루고 있구먼.

미셸이 구해주는 기진맥진한 샬로테 추종자들. 그렇다면…

안심해야 하는 건가, 견딜 수 없어야 하는 건가, 알 수 없네.

그래 이 동업자는 이름이 뭐라 하던가요?

미셸은 기억하지 못한다.

그냥 그런 사람이 존재했다, 이런 얘기요?

난 샬로테를 사랑하는 사람이라면 죄다 알고 싶은데.

내가 이런 회상에 젖어 있을 때, 곁문이 열린다.

어떤 부인이 차를 타고 저택에서 나온다.

나는 재빨리 미셸을 두고 그녀에게 다가간다.

안녕하세요, 부인, 저는 글을 쓰는 사람인데요…

여자는 1968년부터 여기 살아서 오틸리 무어가 누군지 안다.

내가 질문을 던질 준비를 하는데, 그녀는 벌써 짜증을 낸다.

여기 이러고 있으면 안 돼요.

이제부턴 경비원이 당신을 들여보내지 않을 거요!

가세요, 여기서 당신이 할 일은 없다구요!

예민하고 겁 많고 바보 같은 할망구 같으니라고.

그래도 나는 그녀에게 부드럽게 말한다.

전 그저 오 분정도 정원을 거닐고 싶을 뿐입니다.

나는 그 시대의 사진이 담긴 책을 그녀에게 보여준다.

여자는 눈길을 주려고도 않는다.

가세요, 가라고요, 안 그러면 경비를 부를 거요!

나는 이해할 수 없다.

이 여자는 왜 이렇게 적대적일까?

나는 단념하기로 마음먹는다.

목숨을 걸 만큼 중요한 일도 아니잖아.

어차피 여기 과거의 잿더미에서 살아남은 건 하나도 없어.

하지만 이 여자 덕분에 1943년을 잠시 스쳐갈 수 있었다.

어쨌거나 얼마나 기이한 노릇인가!

머잖아 바로 여기서 증오가 샬로테를 덮칠 테니 말이다!

04

샬로테는 알프렛의 출현을 소망하면서 긴 시간을 보낸다.

끊임없이 사랑하는 이의 도착을 상상해본다.

허공에서 불쑥 나타날 수 있을 그런 신神을.

하지만 그는 오지 않는다.

그를 생생하게 살리기 위해 그와 나누었던 대화를 되씹는다.

단어 하나 빠짐없이 모든 게 그녀 안에 고스란히 남아 있다.

그 세밀함은 가슴에 새겨진 기억이다.

샬로테의 절망을 어느 누가 알리요?

그녀는 자신만의 악마를 보듬고 홀로 남은 젊은 여인.

사람들이 자기를 조용히 놔두게끔, 그녀는 자주 웃어준다.

오틸리 무어는 무엇보다 할머니가 걱정이다.

예전에는 그토록 명랑했었는데…

웃음도 넉넉했고, 무슨 일에든 호기심을 보였는데…
그녀는 샬로테에게 할머니를 즐겁게 해드리라고 부탁한다.
마치 회색한테 검은색을 밝게 해달라고 부탁하는 격.
할머니와 손녀는 서로를 잘 이해한다.
두 사람의 심장은 똑같은 모양으로 뛴다.
마치 똑같은 하나의 천으로 감아놓은 것처럼.
그 심장은 은밀히 박동하며, 몸속에서 소리조차 안 낸다.
살아남은 자들이 숨 쉬듯 죄 지은 것 같은 모습으로.

두 여자는 바닷가를 따라 걷는다.
파도 소리가 있어 굳이 말을 하지 않아도 좋다.
하기야 입을 닫고 있는 편이 차라리 낫지.
들리는 소식은 갈수록 비극적일 뿐이니까.
폴란드 침공이 막 시작되었다.
프랑스와 영국은 독일에 대해 선전포고를 한다.
할머니는 의자에 앉는다.
숨을 쉬기도 쉽지 않다.
살아 있기 위해서 안간힘을 써온 게 벌써 몇 년째.
딸들이 세상을 등진 이래로는 하루하루가 전쟁이다.
하지만 그것도 이젠 소용없는 노릇.
전쟁이 모든 것을 끝장낼 테니 말이다.

닥터 모리디스에게 와줄 것을 부탁한다.

그는 이 동네에선 아주 걸출한 인물이다.

다들 그의 카리스마와 인간성을 존중한다.

진료비도 부자에겐 더 많이, 가난한 이웃에겐 적게 받는다.

사람들 말로는, 이곳을 지나던 스타들을 치료하기도 했단다.

에롤 플린[27], 마르틴 카롤[28], 그리고 에디트 피아프까지!

오틸리가 자동차 사고를 당한 후엔 그녀를 치료해왔다.

그게 1930년 초의 일.

그 후로 두 사람은 아주 막역한 사이가 되어 있다.

이제 이 미국 부인은 모리디스에게 도움을 청한다.

샬로테의 할머니를 구해보기 위해서.

자, 닥터 모리디스가 에르미타쥐 저택에 도착한다.

샬로테가 그를 맞아 환자의 침대 머리맡으로 안내한다.

샬로테를 처음 봤을 때, 그는 어떤 인상을 받았을까?

그걸 어떻게 알 수 있겠는가?

그럼에도 나는 그 순간을 파악해보려고 애를 쓴다.

내가 보기엔 이 순간이 너무도 중요하기 때문이다.

내 이야기 속에 모리디스 박사가 등장하는 그 순간이.

이 남자는 샬로테에게 엄청나게 중요한 사람이 될 것이다.

나는 정원에 서 있는 그의 모습을 상상해보려 한다.

---

27 Errol Flynn ; 호쾌하고 역동적인 연기로 1930~1950년대 스크린을 누볐던 호주 출신 미국 배우_옮긴이

28 Martine Carol ; 주로 1950년대에 활약했던 프랑스의 여자배우_옮긴이

그의 딸이 보여준 사진에 의하면, 그는 거구인 것 같다.
그를 보기 위해 머리를 곧추세우는 애들을 상상해본다.

05

침실을 나오면서 의사는 우울증을 언급한다.
할머니가 온 세상이 불타버릴 거라고 줄곧 되풀이하니까.
더 이상 이렇게 살 수도 없고, 더 살고 싶지도 않단다.
두 딸아이를 다시 찾아야 할 때라는 것이다.
할머니는 그렇게 되풀이한다, 나의 두 딸, 내 딸아이들.
그리곤 덧붙인다, 모든 게 내 탓이야.

모리디스는 할머니에게 진정제를 처방해준다.
그리고 단호하게 말한다, 항상 할머니를 지켜봐야 해요!
절대로 혼자 계시게 놔두면 안 돼요!
샬로테는 알고 있다, 그건 결국 자신의 일이란 것을.
다른 누가 그걸 책임지겠는가?
할아버지 역시 기진맥진한 상태인 걸.
그는 아내를 괴롭히고 있는 위기를 멀리서 지켜볼 뿐이다.
결국은 샬로테가 여기 와 있는 것도 이 때문이다.
두 분을 보살피기 위해서 온 것 아닌가.

피난처를 얻으면 어쨌거나 대가를 치러야 하는 법.
하얀 수염을 쓰다듬으며 할아버지는 그렇게 생각한다.

모리디스는 용기를 내라고 샬로테를 토닥인다.
저택을 떠나기 직전, 그는 문득 그녀의 그림이 생각난다.
그나저나 아가씨는 엄청난 재능을 갖고 있는 것 같소.
여기선 소문이 빨리도 퍼지는 모양이다.
겨우 스케치를 좀 해본 정도예요… 우물쭈물하는 샬로테.
그냥 꼬마들한테 그려주었죠.
그럼 어때요?
아가씨가 작업하는 걸 좀 봤으면 좋겠는데…
샬로테는 의사의 친절과 호의에 마음이 따뜻해진다.
의사가 떠나는 걸 바라본다, 다른 환자, 다른 얘기를 향해.

샬로테는 사태의 심각성을 깨닫는다.
일종의 전기충격 요법 같은 걸 해봐야 한다는 생각이 든다.
그녀가 보기에 이제 그들은 에르미타쥬를 떠나야 한다.
할머니 할아버지는 너무 오래 오틸리의 집에 얹혀살았다.
두 사람은 조금씩 자율성을 잃어버렸다.
그들을 돌봐준 후견인과의 관계도 악화되고 있다.
사태는 힘겨워지고 있다.
하긴 언제나 그렇지 않은가?
모든 걸 베풀어주는 사람들을 끝내 미워하게 되지 않는가?

금전적으로 말하자면 가능하다.
그들은 아직도 약간의 돈을 가지고 있다.
1933년 독일을 떠나면서 몇 가지 재산을 팔 수 있었다.
샬로테는 기거할 곳을 찾으러 니스를 향해 떠난다.
그녀가 찾은 거처는 뇌셸레르 대로 2번지.
외제니 별장이란 이름이 붙은 곳이다.

오틸리도 그렇게 하는 편이 저들에겐 낫겠다고 생각한다.
서로서로가 몇 달 사이에 서먹서먹해졌음을 인정한다.
샬로테에게 부탁한다, 가능한 한 자주 날 보러 와야 해.
그래야 나한테 소식도 전해주고, 정원에서 그림도 그리지.
그리고 덧붙인다, 잊지 마, 너 자신을 위해 살아야 한다는 거.
나 자신을 위해서… 샬로테는 머릿속으로 그 말을 반복한다.

이사하는 날, 그들은 군인들과 마주쳐 지나간다.
동부전선을 향해 떠나는 마지막 부대다.
주민들이 모두 다 빠져나가고 없는 지역.
병사들만 끝내 오지 않는 전투를 기다리고 있다.
그러니까 이것이 그토록 예고되었던 세상의 종말인가?
눈이 내리고, 온 세상이 너무도 고요하다.
전쟁이 선포되었다는 사실을 거의 잊을 정도로.

막상 혼란은 집 안에서 더 빨리 시작된다.

이사를 했다고 해서 변한 거라곤 단 하나도 없다.

할머니는 시도 때도 없이 벼랑 끝을 헤맨다.

잠시라도 숨을 돌리고 쉬는 순간은 극히 드물다.

부단히 죽음의 욕망 속에서 살고 있는 할머니.

이 시기의 할머니를 그린 샬로테의 그림이 있다.

스케치 속의 그녀는 끔찍스럽게 수척해 있다.

마치 육신을 숨기려는 듯, 온몸을 둥글게 웅크린 채.

반면 할아버지의 그림은 하나도 남아 있지 않다.

모든 것에서 멀어져, 상실된 존재, 그는 끔찍하다.

니스에서 보냈던 처음 몇 년을 기억한다.

그땐 모든 것이 정말 놀라웠다.

난 대학에 등록도 하고 아름다운 관계를 맺기도 했지.

헌데 지금 남은 게 무엇인가?

아무것도.

아내는 정신줄을 놓았고, 조국은 전쟁터로 변했다.

그런데 독일이 그리워서 미치겠다.

이 모든 것 땜에 그는 성마르고 공격적이고 강압적이다.

손녀딸에게 끊임없이 뭔가를 지시한다.

도대체 왜 그러는지도 제대로 모르면서.

마치 유령의 군대를 이끄는 장군처럼.

06

샬로테는 가족의 소식을 더 이상 듣지 못한다.

벌써 몇 달째인가, 그 침묵을 참을 수 없다.

마침내 아버지와 파울라로부터 편지가 도착한다.

오틸리가 니스까지 가져와 전해준 편지.

샬로테는 즉시 편지를 훑으며 알프렛이란 이름을 찾는다.

혹시 그의 이름이 언급되어 있지 않을까?

혹시 그의 소식을 얻을 수 있지 않을까?

무엇보다 그것이 더 중요하다.

하지만 없다.

한마디 말도.

알프렛에 관해선.

샬로테는 다시 편지를 훑어 읽는다.

행여 구두점 사이에 숨어 있는지도 모르잖아.

아니다.

아무런 언급도 없다.

그이에 관해서는.

그가 어디 있는지조차 알 수 없다.

살아 있기나 한 것일까?

이제 샬로테는 시간을 내 편지를 읽는다.

파울라가 쓴 편지다.

최근 몇 달 사이의 정황을 이야기하고 있다.

프랑스에 있는 너와 합류하고 싶지만, 불가능하게 돼버렸어.

높은 자리에 있는 친구가 가짜 서류를 구해줬단다.

우린 그 친구와 함께 암스테르담으로 날아갔지.

우리는 모든 걸 버렸어, 모든 걸 남겨두었다고.

그래, 우린 땡전 한 푼 없이 네덜란드에 도착했어.

다행히도 몇몇 친구들이 벌써 자리를 잡고 있었지.

말하자면 베를린 출신들의 작은 가족이 거기 생긴 거야.

그 혼란스러움을 파울라는 말하지 않으려고 애쓴다.

하지만 샬로테는 쓰여 있지 않은 것들을 읽을 수 있다.

명하니 넋이 나간 아버지의 모습이 보인다.

마치 범죄자처럼 도망가기로 결심하는 그의 모습.

매 순간 두려움에 떠는 모습.

체포와, 감옥과, 죽음의 두려움.

수용소에서 봤잖아, 누구든 거리낌 없이 죽일 수 있다는 걸.

샬로테가 알고 있던 아버지는 언제나 강인했다.

또 새엄마는 명예의 후광에 둘러싸여 있었고.

이제 두 사람은 적어도 한시름 놓은 걸까?

하지만 얼마 동안?

샬로테는 생각한다, 적어도 엄마아빠 함께라도 있잖아.

두 사람이 너무나도 보고 싶다.

내 자유는 더 이상 누릴 가치도 없어.

이런 식으로 목숨을 연명하는 건 무엇보다 끔찍해.

편지 때문에 머리가 지끈거리기 시작한다.

무엇이 결핍되어 있는지, 편지의 글들은 또렷이 보여준다.

자신이 배제되어 있다는 물질적인 증거다.

할머니는 편지에 관심을 보이지 않는다.

여기저기 한 조각씩 귀에 들어올 뿐이다.

달아났다든가 가짜 서류 같은 말에만 눈이 반짝인다.

그러더니 갑자기 소리 지른, 곧 죽게 되겠구나!

당신 완전히 미쳤구먼, 할아버지가 짜증을 낸다.

샬로테는 다시 두 사람 사이에 끼인 자신을 발견한다.

샬로테는 할아버지에게 방에서 나가라고 부탁한다.

그리고는 할머니를 진정시키려고 애쓴다.

할머니는 신이라도 난 듯 섬뜩한 예를 들어가며 침을 튀긴다.

걔들은 죽을 거야!

모두 다 죽을 거라고!

샬로테는 조용조용 이야기한다.

악몽을 꾼 어린아이한테 이야기하듯이.

괜찮을 거예요… 엄마아빠 지금 재앙에서 멀리 떨어져 있어요.

그럼에도 할머니는 아무것도 들으려 하지 않는다.

어딜 봐도 죽어나가는 사람뿐이야!

어딜 봐도!

죽음이 우릴 데려가기 전에 죽어야 해!

할머니는 알아들을 수 없는 말을 주워섬긴다.

그러더니 조금씩 평정을 되찾는다.

치매는 충동에 의해 드러난다.

혼란스러운 반복.

극단의 감정에 피폐해진 할머니는 결국 잠들고 만다.

잠은 그녀가 자신으로부터 보호받을 수 있는 유일한 곳이리라.

07

이후 몇 주일 동안 샬로테는 편지를 몇 장 더 받는다.

그건 가족의 끈이 이어지는 최후의 순간들이다.

이제 우리는 1940년으로 돌아가 있다.

전쟁이 터진 지 그럭저럭 여섯 달째다.

그들은 언제나 입을 다문 채 서로 눈치를 본다.

그런데 누군가 넘어지는 소리가 욕실에서 들린다.

아니, 무슨 일이지? 샬로테가 뛰어간다.

욕실 안으로 들어간 할머니가 문을 잠가버렸다.

샬로테는 문을 두드리며 열어달라고 애원한다.

하지만 아무런 반응도 없다.

헐떡이는 거친 숨소리가 연거푸 들린다.

그 소리는 조금씩 뜸해지고 점점 더 들리지 않게 된다.

비명을 지르는 샬로테.

마침내 그녀는 억지로 문을 따고야 만다.

할머니가 로프의 끝에 대롱대롱 매달려 있다.

샬로테는 가까스로 할머니를 구해낸다.

할머니의 몸을 부여잡는가 싶더니, 둘이 함께 떨어진다.

할아버지가 허둥지둥 달려온다.

언제나 그렇듯, 그는 냅다 소리부터 지른다.

아니, 무슨 짓을 저지른 거야?

당신 이럴 수는 없어!

이렇게 우릴 두고 떠날 수는 없다고!

그리고, 너, 샬로테?!

넌 뭘 하고 있었니?

할머니를 이렇게 내버려두다니, 머리가 어떻게 된 거냐!

할머니가 죽으면, 네 탓인 줄 알아!

도무지 뭘 믿고 맡길 수가 없잖아, 멍청이 같으니라고!

샬로테는 가슴을 에는 그 말을 애써 무시한다.

무엇보다 우선 할머니를 침대 위에 뉘어야 하니까.

의식을 잃은 것 같던 할머니는 다시 정신을 차린다.

그리고는 한 손으로 목을 쓰다듬는다.

목 졸린 흔적이 도드라져 보인다.

생생하도록 뻘건 동그라미.

이제 푸르다 못해 검게 변하고 있는 붉은 흔적.

할머니는 자기 방을 향한다.

부축하려는 샬로테를 밀쳐버린다.

날 죽게 내버려뒀어야 했어. 그렇게 말하는 할머니.

샬로테는 울부짖으며 대답한다, 나한텐 할머니뿐이잖아!

08

그러구러 며칠 동안 샬로테는 할머니를 지켜본다.

절대 혼자 있게 해서는 안 될 일.

샬로테는 방의 셔터를 모두 활짝 열어젖힌다.

할머니에게 얘기해준다, 하늘을, 하늘의 아름다움을.

봐요, 할머니, 저 푸르른 투명함을 보세요.

그래… 할머니가 대답한다.

그리곤 꽃이 만발한 나무에도 감탄한다.

숱한 약속을 닮은 저 색채들.

머잖아 우린 바닷가를 따라서 산책을 할 거예요.

샬로테는 간구한다, 우리 같이 갈 거죠, 약속해요, 응?

아픔을 어루만지고 상처를 치유하는 부드러운 말들.

두 사람은 손을 꼬옥 잡는다.

하지만 할아버지는 그런 위로의 순간에 짜증을 낸다.

더 이상은 못하겠어, 하지만 뭘 못하겠다는 거지?

샬로테는 그런 그를 도무지 이해할 수 없다.

그는 괜히 흥분해서 방안을 오락가락한다.

더 이상은 분노를 억누르지 못하는 것 같다.

그래, 바로 그거다.

그는 넋이 빠진 독백처럼 샬로테한테 말을 건다.

계속되는 이 자살들, 나 이제 더는 감당할 수 없어.

더 참을 수가 없다고, 내 말 들어?

네 할머니의 어머니 얘길 해줄까?

그 양반, 날이면 날마다 스스로 목숨을 끊으려 했어.

8년 동안이나, 하루도 빼지 않고, 그래!

게다가 그 양반의 오빠가 또 있었지.

결혼을 잘못해서 불행해졌다고들 말했어.

하지만 난 봤어, 그 사람은 정신병 땜에 그런 거야.

도대체 이유도 알 수 없는데 웃어대곤 했거든.

네 할머니는 그 때문에 너무나 슬퍼했지.

그 사람을 보러 갔는데, 다들 집안의 바보라고 불렀어.

그러다 결국은 물에 뛰어들어버렸다고.

또 그의 하나뿐인 딸은 베로날을 먹고 자살했어!

말이 돼, 베로날을 먹고 죽다니!

그럴 만한 이유라곤 하나도 없었는데.

그뿐이 아니야, 할머니의 삼촌도 잊을 순 없지.

그래, 네 할머니의 삼촌.

자신의 몸을 창밖으로 내던져버린 사람.

그리고 그의 여동생… 또 그녀의 남편까지.

이제 더 알 수도 없구나.

어디든, 어딜 둘러봐도, 자살하는 사람들이야.

더 이상은 감당이 안 돼.

알아듣겠니?

그뿐인가, 최근엔 조카까지도.

넌 모르겠지만, 그 식구들 중 유일한 생존자였는데.

다른 유대인들과 마찬가지로 실험실 일자릴 잃었어.

그리고는 목숨을 끊어버렸다고…

자살이란 적에게 선사하는 죽음이 아니야!

가여운 것, 생생하게 기억이 나는군.

너무나도 상냥한 친구였는데.

남들보다 목청을 높이는 일이라곤 절대 없었는데.

근데 보라고, 이젠 기껏 공동묘지에 누워 있다니!

그가 겨우 한줌의 뼈에 지나지 않다니!

….

게다가 우리 딸들까지!

우리 딸내미들까지!

….

듣고 있니, 너?

우리 딸들도 그랬잖아!

….

네 이모 샬로테.

끔찍이도 사랑했던 내 딸 샬로테.

내가 그 아이를 얼마나 사랑했는지!

내가 어딜 가든 날 졸졸 따라다녔어.

내 그림자라도 되는 것처럼.

내 말을 귀담아 들었지.

날 즐겁게 하려고 희랍 조각 흉내를 내곤 했어.

그런데, 그런데…

아무것도.

이제 아무것도 없어.

물속으로 몸을 던져버렸어, 열여덟 나이에.

그냥 그렇게.

나는 할 수가 없었어, 도저히.

그 애 장례식에 도저히 갈 수가 없더라고.

아니, 우리 스스로도 같이 땅속에 묻혀야 했어.

네 할머니와 나, 우린 그때 이후로 죽은 거야.

그리고는 네 어머니 프란치스카.

그 아이는 동생의 죽음을 너무나 아파했어.

너 그거 이해하겠니?

네 엄마가 너무나 아끼던 동생이었거든.

둘은 갈라놓을 수가 없는 사이였다고.

사람들은 항상 둘을 비교하곤 했지.

거의 한 소녀의 두 가지 버전이었으니까.

네 엄마는 그야말로 황폐해졌어.

하지만 그게 사람들 눈엔 띄지 않았어.

네 엄만 강인해지기 위해 별의별 짓을 다했으니까.

두 배나 활기찬 모습을 보였고

우리를 위해 혼자서 두 딸 노릇을 다 했지.

네 엄마는 너무나도 마음이 따사로웠어.

저녁 무렵이면 노래를 부르곤 했지.

장중하면서도 아름다운 노래를.

그러다가 네 아빠랑 결혼을 했지.

의학에 완전히 미쳐버린 남자랑.

다행히도 네가 태어났단다.

아기, 그래 아기는 바로 삶을 의미하잖아.

내 손녀딸.

바로 너.

샬로테.

할아버지는 이 순간 말을 멈춘다.

마지막 몇 마디가 한층 더 부드럽게 들렸다.

만사를 소리 높여 울부짖을 수는 없는 노릇.

그는 샬로테의 눈을 똑바로 쳐다본다.

할아버지는 다시금 말을 잇는다, 격렬하게.

점점 더 강렬하게.

그래, 너….

너였지…. 샬로테!

샬로테!

넌 정말이지 너무 예쁜 아기였어.

그렇지만 그게 무슨 소용이람!

예쁘면 뭘 해?

우리에게 남은 건 너의 엄마뿐이었지.

너의 엄마와, 너.

어떻게 그럴 수가 있었겠니.

모두가 스스로 목숨을 끊잖아, 네 엄마만 빼고.

엄마는 어찌 할 수가 없었지.

도저히 어쩔 도리가 없었다고.

엄마는 끝내 창밖으로 몸을 던졌지.

우리 집에서 말이야!

네 말 듣고 있니?

그리고 넌, 너는 그냥 거기에 있었어, 나중에.

넌 내 마음을 찢어놓았어.

우린 너와 눈을 마주치지 않으려고 시선을 돌렸지.

너의 얼굴이 지금도 기억나.

넌 엄마가 돌아오기만을 마냥 기다렸지.

하늘에서 엄마의 모습을 만나려고 기웃거렸어.

엄마는 천사가 될 거라고 너한테 말했으니까.

하지만 아니야!

엄마는 악마에게 붙들려버렸지.

그래서 스스로 목숨을 끊었어.

그래, 끝내는 너의 엄마까지.

그런데 이제 네 할머니까지… 도대체 왜?

할머닌 더 이상 살고 싶지 않대.

그럼 난 어떻게 하니?

할머닌 나를 생각이나 하는 걸까?

나는 뭐가 되는 거지?

내 말 듣고 있는 거야?!

이젠 더 이상 참을 수 없어.

더 이상은 안 돼.

이제는.

….

09

샬로테는 황급히 자리를 뜬다.

할아버지의 마지막 몇 마디는 들리지 않는다.

그는 다시 목청을 높여 가지 말라고 애원한다.

그녀는 뇌셸레르 대로를 내달린다.

튤립이 만발한 네거리에 이른다.

어디로 가야 하지?

알 수가 없다.

숨이 턱에 차오를 때까지 달린다.

바다 쪽을 향해서.

생각할 수 있는 단 하나의 목적지다.

다른 어느 누구도 볼 수 없는 유일한 장소.

샬로테는 해변을 가로질러 뛰어간다.

얼어붙은 2월의 바닷물로 들어간다, 옷을 다 입은 채.

그리고는 재빨리 앞으로 나아간다.

무릎, 허리, 어깨가 차례로 잠긴다.

제대로 헤엄도 못 치는 샬로테.

앞으로 몇 미터면 그녀는 스스로를 포기할 수 있다.

물에 젖은 옷가지가 무거워진다.

그녀를 한층 더 물속으로 밀어 넣는다.

머리 위로 파도가 잦아든다.

그녀는 소금기 가득한 물을 들이킨다.

두 눈을 하늘로 향하니 어떤 얼굴이 시선에 잡힌다.

어머니의 얼굴이다.

마침내, 그토록 기다려온 천사인가?

그 천사의 모습은 너무도 또렷하게 떠오른다.

나, 이렇게 죽는 것인가?

파도에 흔들리며 온갖 기억이 되살아난다.

어린 자신의 모습을 본다, 엄마를 기다리는.

이 천사 이야기, 얼마나 터무니없는 노릇인가!

어떤 분노가 샬로테를 엄습한다.

그리고는 바닷가를 향해 그녀를 내동댕이친다.

아니야, 난 절대 물에 빠져 죽진 않을 거야!

숨을 헐떡이며 지쳐빠진 그녀는 조약돌 위에 눕는다.

내 인생이 몽땅 하나의 거짓말 위에 지어져 있구나.

난 그들을 증오해, 모두 나를 배신했어.

모두 다.

언제나 그랬어.

누구나 다 진실을 알고 있었어.

나만 빼놓고 모두 다! 샬로테는 울부짖는다.

뒤죽박죽 혼돈의 언어가 그녀의 내면을 울린다.

더 이상 한마디도 또렷하게 되질 않는다.

영혼의 황폐를 말하고 싶은데

그 숱한 단어들을 사용할 수가 없다.

그녀가 이제 막 알게 된 것들.

지금까지는 차마 짐작조차 못했었다.

한 번도, 단 한 번도!

샬로테는 그 단어들을 입에 올릴 수가 없다.

그처럼 혼미한 정신을 나타내는 게 단지 그 말뿐인가?

오래전부터 자신에게 깃들어 있는 기이함이 이해된다.

버림받을지 모른다는 이 과도한 두려움.

모든 사람들이 날 배척할 거라는 확신.

아, 나는 어떻게 해야 하는가?

울어야 하나, 죽어야 하나, 혹은 아무 것도 말아야 하나?

샬로테는 몸을 일으켰다가 다시금 무너진다.

인적 없는 바닷가에서 부스러진 꼭두각시.

밤이 내린다, 그러나 이번엔 다르다.

밤은 오로지 샬로테 위로만 내려앉는다.

샬로테는 추위에 몸을 떤다.

그리고 엉금엉금 기어서 앙글레 산책로로 돌아간다.

누가 보면 막 바닷가로 쓸려왔다고 생각할 터.

샬로테는 걸음을 재촉한다.

밤의 한가운데로 나아간다, 소리 없이, 흔적도 안 남기고.
바닷물에 젖은 환영, 살아 움직인다.

샬로테는 생각한다, 두 분이 날 기다리고 있겠지.
하지만, 아니, 그들은 잠들어 있다, 기묘한 광경이다.
창문은 언제나 모두 활짝 열려 있다.
달빛은 그렇게 들어와 머리맡을 어루만진다.
달빛은 부드러워 다정하기까지 하다.
최근 며칠과 어쩌면 이렇게 대조되는 순간인지!
두 사람은 얌전한 아이들을 닮아 있다.
샬로테는 의자에 앉아 두 사람을 그윽이 바라본다.
그리고는 그들 곁에서 그렇게 잠든다.

10

다시 평온을 되찾고 며칠이 흐른다.

두 사람이 창백해 보이는 때를 말할 수 있을까?
그들의 몸짓조차 조용해지는 때를?
할머니는 샬로테의 머리를 빗질해준다.
몇 년 만에 머리를 매만져주는 것이다.

그렇게 두 사람은 다시 행복한 시간에 잠긴다.

샬로테는 아무런 질문도 할 수 없다.

어째서 아무도 나한텐 한마디도 해주지 않았어요?

도대체 왜요?

아니, 샬로테는 입을 다문다.

그 모든 설명을 듣기가 무서운 것이다.

그리고… 그래봤자 무슨 소용이겠는가?

차라리 한숨 돌릴 이 순간들을 즐기는 게 낫지.

할머니도 마침내 마음을 가라앉힌 것 같으니까.

혹은, 이건 하나의 전략일까?

지켜보는 감시의 눈길을 누그러뜨리려는?

할머니는 자신의 어머니를 회상한다.

간단없는 그 정신착란, 한 시도 눈을 뗄 수 없었지.

그 자신의 잠재적인 암살자. 우린 끊임없이 감시했지.

샬로테는 이제 모든 게 더 나아지기를 희망한다.

이제 그녀는 할머니에게 어머니 같은 존재다.

여러 주일 동안 보호하고, 안심시키고, 북돋워준다.

대단히 강력한 무언가가 두 사람을 묶어준다.

그렇게 샬로테는 어떤 환상에 맘을 놓는다.

그리고는 잠이 드는데…

눈을 뜨니, 아무도 없는 게 아닌가.

날 깨우지도 않고서 할머닌 어떻게 일어났을까?

보통 땐 조금도 깊이 잠을 자지 못하는 샬로테.

그녀는 소리도 내지 않고 침대를 빠져나온다.

마치 물기가 증발하듯이.

바로 그때 들려온다, 무언가가 부딪히는 끔찍한 소리.

무겁고 둔탁한 충격의 소리.

샬로테는 정신이 번쩍 들어 창가로 달려간다.

할아버지도 잠에서 깨어난다.

아니, 그는 내달리면서 잠을 떨쳐낸다.

무슨 일이야?

무슨 일이 생긴 거지? 소리를 지르는 할아버지.

그의 목소리에서 이런 공포를 느끼는 경우는 흔치 않다.

손녀와 꼭 마찬가지로 그는 무슨 일인지 너무나 잘 안다.

아파트에서부터는 아무 것도 보이지 않는다.

안쪽 뜰은 깜깜한 공간이다.

지난 며칠간의 휘영청 밝은 달은 사라졌다.

두 사람은 할머니의 이름을 외쳐 부른다.

몇 번씩이나, 하지만 믿을 수 없어 하면서.

애야, 빨리 가서 양초를 찾아봐! 할아버지가 시킨다.

샬로테는 몸을 떨며 자리를 뜬다.

두 사람은 함께 조심조심 아래층으로 내려간다.

안뜰에 들어서니 싸늘한 바람이 그들을 맞이한다.
타고 있는 촛불이 꺼지지 않도록 감싸줘야 한다.
둘은 머뭇거리듯 앞으로 나아간다.
맨발인 샬로테의 발아래 끈적끈적한 물기가 느껴진다.
그녀는 촛불을 들고 무릎을 꿇는다.
조금씩 흘러나온 피를 발견한다.
낮은 비명을 지르며, 한 손을 입으로 가져간다.
그러자 할아버지도 몸을 숙인다.
그리고 이번만큼은 아무 말도 하지 않는다.

11

사흘간 주검은 침대 위에 놓여 있다.
참으로 기이하게도 죽음은 아무 것도 바꿔놓지 않았다.
할머닌 이미 오래 전부터 이런 모습을 띠지 않았던가.

샬로테는 울음을 그칠 수 없다.
그녀는 할아버지가 흘리지 못할 눈물까지 쏟아낸다.
닥터 모리디스의 도움으로 장례를 준비한다.
필요한 비용은 오틸리가 모두 떠맡아준다.
장례식이 거행된 1940년 3월 8일.

에르미타쥬에 피신해 있는 아이들이 다 참석했다.
그 덕분에 음산한 분위기가 다소 누그러진다.
아이들은 샬로테를 다시 만나 기뻐한다.
한껏 들뜬 모습으로 샬로테를 에워싼다.

관이 땅속에 묻힌다.
모든 게 너무도 평온해 보인다.
단지 할아버지의 맑은 정신이 위태롭게 흔들린다.
지금 누구를 땅에 묻고 있는지, 이젠 모르는 것 같다.
그러다가 다시 냉정을 되찾는다.
아내의 존재가 빠진 하루란 그의 기억에 없다.
그런데 벌써 아내 없이 살았더란 말인가?

식이 끝나고 오틸리는 두 사람을 자기 집에 초대한다.
하지만 샬로테와 할아버지는 그냥 돌아가고 싶다.
그들에겐 혼자 있어야 할 필요성이 절실하다.
그들은 묘지의 오솔길을 천천히 걸어간다.
한때는 삶을 누렸던 이 모든 이름을 샬로테는 읽어본다.
붙잡을 수 없는 이미지들이 그녀를 어지럽힌다.

기가 꺾인 듯했던 할아버지가 갑자기 투덜댄다.
아픔이 되살아나 그를 격노하게 만든다.
샬로테에게 모든 걸 누설하게 만든 바로 그 분노.

그는 증오에 찬 말들이 자신을 범하도록 내버려둔다.

노도怒濤와도 같은 말들, 또 말들.

그는 손녀의 옷소매를 꽉 잡는다.

왜 그래요? 머리 숙인 샬로테는 이 드라마에 지쳐버렸다.

할아버진 왜 날 이렇게 붙잡는 거지?

이제 또 뭘 원하는 걸까?

할아버지는 난폭하게 그녀를 꽉 쥔다.

샬로테는 그에게 대들어 밀쳐내고 싶지만 그럴 힘이 없다.

할아버지가 소릴 지른다, 나한테 바라는 게 뭐야?

네가 나한테 바라는 게 뭐냐고?

자, 둘러봐.

사방팔방을 둘러보라고.

그래, 숨김없이 말이다.

너 또한 목숨을 끊으려는 게지, 뭘 기다리고 있는 거냐?

제 7 부

01

샬로테는 부모에게 할머니의 죽음을 알린다.

파울라는 걱정이다, 우리 딸이 정신적으로 무너지면 어쩌지?

편지의 글 하나하나에 고통이 배어 있는 것 같다.

쉼표조차도 바람 부는 대로 표류하는 것 같다.

딸에게 답해줄 적절한 말을 찾으려 애를 써본다.

하지만 이제 그런 게 무슨 의미가 있겠는가.

그저 딸의 곁에 있어주고, 꼭 껴안아주는 게 필요할 뿐.

부모가 곁에 없음은 샬로테에게 육체적인 고통이 된다.

그들과 떨어져 있음은 일시적일 거라고 생각했었다.

그런데 벌써 일 년이 넘지 않았는가.

게다가 다시 만날 기약도 전혀 없으니.

샬로테가 받은 답장도 그걸로 마지막이 될 터.

아버지와 파울라에게선 더 이상 소식을 못 듣게 된다.

아슬아슬하던 국경은 이윽고 폐쇄되고 만다.

프랑스에 거주하는 독일인은 신고하라는 명령이 떨어진다.

하지만 그들이 난민이란 건 분명하지 않은가?

상관없다, 그들은 어쨌든 적국敵國과 엮여 있으니까.

프랑스 정부는 그들을 감금하기로 결정한다.

1940년 6월 기차에 몸을 싣고 있는 샬로테와 할아버지.

피레네 산맥의 귀르 수용소[29]로 가는 열차다.

원래는 스페인 난민들을 위해 지은 수용소다.

이제 우리들을 어떻게 하려는 걸까?

샬로테는 작센하우젠에서 돌아온 아버지의 얼굴을 떠올린다.

그녀의 주위에 얼이 빠져 있는 독일 사람들이 보인다.

여정은 오랜 시간 계속된다.

그 때문에 무슨 일이 일어날지 모르는 불안은 커지기만 한다.

이렇게 죽게 되는 걸까?

우리 집안의 어떤 여자도 그 병적인 숙명을 피하지 못했어.

이모와 엄마의 죽음은 13년의 간격을 두고 일어났다.

엄마와 할머니의 죽음을 갈라놓은 간격과 꼭 같이!

그래, 정확히 동일한 시간의 거리다.

---

29 Camp Gurs : 1939년 프랑스 남서부의 귀르에 건설한 수용소. 원래는 스페인 내란이 종식
   되고 프랑코 정부의 보복이 두려워 스페인을 탈출한 사람들을 수용하려고 만들었는데, 2
   차대전이 발발하면서 프랑스 내의 독일인 및 위험한 정치이념을 지닌 프랑스인들을 수용
   하는 데 사용되었다. _옮긴이

세 사람 모두에게 거의 동일한 하나의 몸짓.

허무의 한가운데로 내닫는 한 번의 도약.

세 개의 서로 다른 나이에 맞은 죽음.

젊은 아가씨, 가정을 지닌 어머니, 그리고 할머니.

그러니까 그 어떤 나이도 살 만한 가치가 없구나.

수용소로 향하는 열차 안에서 샬로테는 계산해본다.

1940 + 13 = 1953.

그러니까 내 자살의 해는 1953년이로군.

그 전에 죽지 않는다면 말이야.

02

귀르 수용소에 도착하면서 모든 가족은 뿔뿔이 흩어진다.

샬로테의 할아버지는 남자의 무리로 들어간다.

할아버지는 모든 남자들 중에서 가장 늙은 것 같다.

어두운 그림자의 우두머리.

샬로테는 헌병에게 간청한다, 할아버지랑 함께 있게 해주세요.

혼자 계시기엔 너무 연로하시고 건강이 나쁘십니다.

아니, 안 돼, 넌 여자용 막사로 가야 해.

명령이니 어떡하겠는가, 샬로테는 고집할 수가 없다.

젊은 병사는 곤봉을 들고 있고, 곁에는 개 한 마리가 있다.

그녀는 깨닫는다, 이곳에 이성이 끼어들 자리라곤 없구나.
할아버지를 남겨두고 줄서 있는 여자들 사이로 들어간다.
그 여자들 중에 하나 아렌트도 보인다.

귀르에서 샬로테는 한 포기의 식물조차 없음에 아연실색한다.
녹색의 완벽한 말살이 아닌가.
싱싱한 대자연에서 달나라 풍경으로 건너왔단 말인가.
최소한의 색채라도 찾아보려고 그곳을 살펴본다.
무언가가 그녀의 살을 혹독하게 건드린다.
세계와 그녀의 관계는 순전히 심미적인 것으로 변한다.
그녀는 끊임없이 머릿속에서 그림을 그린다.
작품은 이미 그녀 안에서, 그녀의 뜻에도 불구하고 숨 쉰다.

비열함은 온갖 세세한 것들을 오염시킨다.
막사에는 침대도 없고 아무렇게나 쌓아놓은 매트리스뿐.
위생 상태는 가증스럽게도 참혹하다.
밤마다 쥐들이 찍찍대는 소리가 들린다.
놈들은 여자들의 푹 팬 뺨을 스치고 지나간다.
하지만 정말 견딜 수 없는 건 이게 아니다.
가장 고약한 건 경비병이 걸어 다니는 소리다.
그는 회중전등을 들고 감방 앞을 오락가락한다.
감방 안의 여자들은 그 빛줄기를 인식하지 않을 수 없다.
그 자의 존재를 알려주는 견딜 수 없는 표시.

이것은 한 시간 이상 계속되기도 한다.

여자들은 알고 있다, 그가 결국은 안으로 들어오리란 것을.

자, 그 때가 되었다.

그 자는 문을 열고 누워 있는 여자들의 눈을 부시게 한다.

그리고 감히 매트리스 사이를 걸어 다닌다.

데리고 온 개는 망설임 없이 여자들을 쿵쿵거리고 핥아댄다.

우월감에 행복한지, 이 공범은 꼬리를 흔들어댄다.

그 어느 때보다 사내의 가장 친한 벗이라고 느낀다.

밤이면 밤마다 경비병은 그렇게 들어온다.

이것이 그에겐 가장 경이로운 의식이다.

능욕할 죄수를 찾아나서는 것이다.

저항하는 경우엔 그냥 총으로 쏴버리면 그만이다.

여자들은 공포에 몸을 떨며 움츠러들 뿐이다.

그는 한 여자 앞에서 걸음을 멈춘다.

회중전등으로 그녀의 몸과 얼굴을 찬찬히 뜯어본다.

그러다 마침내 다음 여자로 넘어간다.

그들의 두려움이 한층 더 그를 흥분시킨다.

마침내 그는 적갈색 머리의 한 여자를 택한다.

일어나서 날 따라와!

여자는 시키는 대로 따른다.

다른 방을 향해 이끄는 대로 따라간다.

03

몇 주일이 그렇게 지나간다.

무기력과 공포 사이를 오가며.

독일의 침공 외에는 나누는 얘기도 없다.

프랑스 군대가 눈 깜짝할 새 패배했다는 것 외에는.

어떻게 그런 일이 일어날 수 있지?

샬로테는 이 소식에 온몸이 굳어버린다.

기껏 탈출해 왔던 이 나라를 나치가 통제할 거라고?

피난처라고 왔다가 이제 갇혀버린 이 나라를?

그렇다면 나의 방황에는 결코 끝이 없겠구나.

천만다행히 독일의 점령은 남부와는 무관하다.

자유지역[30]의 존재에 관한 얘기도 들린다.

하지만 누굴 위한 자유지역이란 말인가?

나를 위한 건 아니야, 그건 확실해.

기껏해야 할아버지를 찾아가 만날 수 있을 뿐인데.

초라한 침대에 누워 하루의 대부분을 보내는 할아버지.

무섭게 뼈만 앙상하게 남은 그는 기력이 다했다.

기침할 때마다 입에서 한 줄기 피가 흘러내린다.

샬로테를 알아보지 못하는 경우도 자주 생긴다.

샬로테는 정말이지 어찌 할 바를 모른다.

---

30 zone libre : 2차 대전 당시 독일의 프랑스 점령에도 불구하고 자유로이 남아 있던 지역 _ 옮긴이

간수들에게 도와달라고 애원해본다.

이 젊은 여자의 곤혹이 결국 어느 간호사의 맘을 움직인다.

간호사는 도와줄 수 있는 일이 뭔지 알아보겠단다.

그건 허튼 약속이 아니다.

수용소 관리들은 마침내 두 사람을 석방하기로 결정한다.

샬로테, 그녀는 다시 희망을 품을 것인가?

할아버지에겐 끔찍스런 공포도 끝날 거라고 말한다.

우린 에르미타쥬로 돌아가고, 할아버진 쉬시게 될 거예요.

할아버지의 손을 잡는다, 그가 그리워한 살갗의 만남.

다음날 두 사람은 수용소를 떠난다.

하지만 대중교통은 이미 기능을 멈춘 상황.

어떻게든 알아서 떠나야 한다.

아프고 까다로운 노인네와 몇 백 킬로미터를 움직여야 하다니.

두 사람은 피레네 산길을 걸어간다.

7월의 폭염에 허덕이면서.

두 달 후엔 발터 벤야민이 스스로 목숨을 끊게 된다.

이 산맥의 반대편에서.

무국적자들은 이제 국경을 넘을 수 없다는 소문이 돈다.

벤야민은 곧 체포되리라는 확신이 든다.

여러 해 동안 방황하고 쫓기느라 지친 그는 무너지고 만다.

그리고 모르핀에 몸을 내맡긴다.

사람들은 작별인사의 울림을 지닌 그의 말을 생각한다.
우리가 호흡하는 대기 속이 아니고서는,
우리와 함께 살았던 사람들 가운데 있지 않고서는,
행복조차 우리들의 표상이 아닌 것을!
독일의 천재적인 영혼은 이렇게 산중에 흩어지고 만다.
한편 한나 아렌트는 이후 유럽을 벗어날 수 있게 된다.
샬로테는 발터 벤야민을 마음으로부터 깊이 좋아했다.
그의 책을 읽었고, 라디오에 나오는 그의 시평時評을 즐겨 들었다.
특히 이 한마디는 자기 작품의 명구銘句가 될 수도 있었을 터:
삶의 진정한 척도는 기억이다.

04

도중에 두 사람은 잠시 머물러 쉬려고 한다.
하지만 대개의 경우 그들은 거절당한다.
독일인들을 받아들여주고 싶은 사람은 아무도 없다.
마침내 어떤 젊은 피난민이 그들에게 도움의 손길을 뻗는다.
그 역시 원래는 베를린 출신이다.
그가 몸을 뉘고 잘 수 있는 곳을 알고 있단다.
그런데 사위가 어두워지자 그는 샬로테를 도랑으로 밀쳐 넣는다.
할아버지는 벤치 위에서 쉬느라 아무것도 보지 못한다.

그의 손녀는 있는 힘을 다해 몸부림친다.

덤벼드는 사내의 얼굴을 할퀸다.

사내는 저주를 퍼부으며 자리를 뜬다.

지가 원하는 게 뭔지도 모르는 등신 같으니라구!

샬로테는 다시 옷깃을 여민다.

그리고는 아무 말도 않고 할아버지에게 다가간다.

상처를 감추는 데는 이골이 나 있다.

거기엔 가장 최근에 얻은 상처, 가장 생생한 상처도 있다.

아픔을 감추는 법이라면 어느 누구보다 더 잘 안다.

끊임없는 고통에 익숙해져 있는 그녀이기에.

두 사람은 마침내 자신들을 받아주는 여인숙을 찾는다.

하지만 방에는 침대가 딱 하나뿐이다.

저는 바닥에 누우면 돼요, 샬로테가 말한다.

할아버지는 침대에서 함께 자자고 고집을 피운다.

어린 손녀와 할아버지, 괜찮아, 그건 정상이야.

애야, 알아들었니?

네, 무슨 뜻인지 알아요.

그는 옷을 벗고 침대로 들어오라고 재촉한다.

온 세상이 흔들린다.

의지할 표준이라곤 더 이상 하나도 없다.

그래서 샬로테는 밖으로 나가 공기를 들이마신다.

그리곤 할아버지가 잠들기를 기다렸다 다시 방으로 들어간다.

샬로테는 한쪽 구석에 앉아 무릎에 얼굴을 파묻는다.

잠들기 위해서 자신의 기억을 더듬어본다.

부드러움이 있는 유일한 장소, 기억.

파울라의 목소리가 들린다, 알프렛의 입맞춤이 느껴진다.

눈을 꼭 감고 그 아름다움을 건너간다.

그때 눈앞에 나타나는 것은 샤갈의 그림 한 점.

그녀는 그걸 정확히 재구성해, 모든 디테일을 눈앞에 떠올린다.

샬로테는 뜨거운 색채 사이에서 오랫동안 횡설수설한다.

그리곤 마침내 잠든다.

샬로테는 안다, 이렇게 여정을 계속할 수는 없다는 것을.

할아버지의 시선이 자신의 몸, 자신의 몸짓에 머물러 있는 한은.

다행히도 사람들이 해안선을 따라 가는 버스를 알려준다.

이틀 뒤 그들은 니스에 다다른다.

두 사람이 에르미타쥬에 도착하자 사람들이 축하해준다.

그건 온몸을 어루만져주는 위안이다.

어느 누구에게도 새로운 소식은 없었다.

기진맥진한 샬로테는 눕기 위해 자리를 뜬다.

잠시 후 오틸리가 그녀를 보기 위해 온다.

오틸리는 그녀의 이마를 쓰다듬는다.

그러자 샬로테가 눈을 뜬다.

한 줄기 뜨거운 눈물이 흘러내린다.

그녀를 향한 부드러움의 표시는 너무나 드물게 돼버렸다.

오틸리는 이해한다, 이 처녀에게 도움이 필요하다는 걸.

이 가족의 내력을 잘 알고 있기 때문이다.

샬로테는 이제 울음을 멈출 수가 없는 것만 같다.

몇 달 동안 참았던 눈물의 샘을 터뜨려놓은 거다.

다행히도 샬로테는 다시 잠에 빠져든다.

그러나 호흡이 고르지 않다.

오틸리는 처녀의 얼굴에 드리운 어두운 그림자를 본다.

그녀의 존재 위를 헤집고 다니는 그림자를.

그래, 알아, 최근 몇 주간의 일로 너는 정신줄을 놓은 거야.

할머니의 자살, 그리고 늦게야 드러난 엄마의 자살.

게다가 수용소에 갇히고, 방황하고…

오틸리는 구렁에 빠진 이 삶의 풍경에 가슴이 찢어진다.

할 수만 있다면 샬로테를 구해주고 싶다.

그리고 생각한다, 이 처녀를 도와주고 보듬어주어야 하는데.

너무 늦기 전에 말이야.

05

오틸리의 충고를 따라 샬로테는 모리디스 박사를 찾는다.

그의 진료실은 빌프랑시-쉬르-메르의 중심부에 있다.

자신의 아파트 한 방에서 환자들을 받는다.

1941년에 태어난 박사의 딸 키카는 지금도 여기 살고 있다.
부모님들이 돌아가신 후 돌아와 자리 잡고 있는 것이다.
키카를 만나기 위해 알아보고 있을 땐 이걸 상상도 못했다.
부친의 진료실을 고스란히 보존해왔다는 사실을 말이다.

키카 덕택에 나는 1940년의 생활환경을 둘러볼 수 있었다.
내 소설 구석구석을 행진할 수 있었다.
출입구에는 아직도 팻말이 붙어 있다.

G. 모드리스 박사
진료시간 : 오후 1시 30분 ～ 4시

난 잠시 멈추어 서서 세세한 부분까지 일일이 바라봤다.
키카와 그의 남편은 사랑스러운 커플이었다.
모드리스 박사의 딸은 샬로테를 기억하지 못한다.
하지만 그녀의 아버지는 샬로테를 자주 회상했다고 한다.
아버님이 어떤 얘길 하셨지요?
그녀는 주저하지 않고 대답한다; 샬로테는 어리석었다고 했어요.
나는 깜짝 놀란다.
박사가 그런 말을 했다는 것보다, 첫마디가 그런 말이란 점에.
키카는 금세 덧붙인다; 천재들이 다 그렇듯이 말입니다.
그래, 그녀의 부친은 샬로테가 천재라고 단언했던 것이다.

오틸리처럼 모드리스 박사도 샬로테를 향한 열정에 사로잡혔다.

감탄, 측은지심, 혹은 그저 걱정뿐인 그의 역할은 실로 중요했다.

에르미타쥬를 찾을 때마다 그는 샬로테에게 가서 말을 걸었다.

그리고 그의 방문은 아주 잦았다.

고아들 가운데 누군가가 아픈 일은 흔히 생기곤 했으니까.

그는 샬로테가 몹시 궁금했고, 그녀의 감성이 마음을 뒤흔들었다.

해마다 크리스마스가 되면 그녀는 카드를 그려주곤 했다.

하늘에서 내려오는 아이들이 그려진 카드였다.

혹은 달나라로 돌아가려는 아이들이.

이런 그림엔 박사의 마음 깊은 데를 건드리는 무언가가 있었다.

강렬한 힘과 순수함의 만남이랄까.

모리디스 박사는 생각했다, 간단하게 말하자면 우아함이지!

그는 샬로테의 맥박을 재고 검진을 계속한다.

귀르 수용소에 대해 질문을 던지기도 한다.

샬로테는 의미를 알 수 없는 단음절로 대답한다.

그런 그녀의 상태가 걱정되지만, 그걸 드러내진 않는다.

여러 가지 비타민이 필요해, 오히려 그렇게 알려준다.

샬로테는 머리를 숙인 채 꿀 먹은 벙어리다.

모리디스 박사는 주저하는 것처럼 보인다.

샬로테, 넌 그림을 그려야 해, 이윽고 그렇게 말한다.

그녀는 고개를 쳐든다.

그는 되풀이한다, 샬로테, 넌 그림을 그려야 해.

난 너를 믿어, 너의 재능을 확신해.

그건 위로의 말이기도 하지만, 기대의 말이기도 하다.

그녀가 스스로를 방치한다는 건 생각조차 할 수 없다.

고통을 받고 있다면, 그 고통을 표현해야 하지 않는가.

그 혼란과 동요를 깊이 이해하고 있다는 사실을 말이다.

모리디스는 말을 계속한다.

그는 적절한 표현을 찾는다.

그가 좋아하는 샬로테의 그림을 모두 떠올린다.

그녀에겐 너무나 많은 아름다움이 있어 나누지 않을 도리가 없다.

샬로테는 줄곧 귀 기울여 듣고 있다.

그의 말에는 그녀가 느끼는 것의 울림이 담겨 있다.

그러자 알프렛의 얼굴이 떠오른다.

그 어느 때보다 더 생생한 이미지.

부두에서 그가 마지막으로 했던 말을 다시 생각한다.

그걸 어떻게 잊을 수 있겠는가?

샬로테, 그녀는 창조하기 위해서 살아야 한다.

미쳐버리지 않기 위해서 그려야 한다.

06

돌아오는 길에 샬로테는 심호흡을 한다.
바로 오늘, 그녀의 걸작 *삶인가, 아니면 연극인가?*가 태어난다.
걸음을 옮기며 그녀는 지난 세월의 이미지들을 생각한다.
살아남기 위해서 나는 내 역사를 그려야 해.
중요한 건 그것뿐이야.
샬로테는 그 말을 끊임없이 되풀이한다.
그 숱한 죽음이 다시 살아나게 만들어야 해.
바로 그 대목에서 샬로테는 걸음을 멈춘다.
그 숱한 죽음이 다시 살아나도록…
고독의 한가운데로 한층 더 깊이 들어가야 해!

견딜 수 있는 최후의 극단까지 가야 했던가?
결국 예술을 삶의 유일한 가능성으로 간주하기 위해서?
모리디스가 말했던 것을 그녀는 강렬하게 느꼈다.
온몸으로 생생히 느꼈다, 그걸 깨닫지는 못했지만.
마치 몸이 언제나 정신을 앞서는 것처럼.
갑작스런 깨달음은 이미 알고 있는 것을 이해하는 것.
그건 예술가라면 누구나 이용하는 길이다.
시간과 세월이라는 이 아리송한 터널.
마침내 "지금이 그 때야!"라고 말할 수 있는 순간으로 이어진다.
한때는 죽고 싶었다, 하지만 이젠 미소를 띠기 시작한다.

앞으로는 그 어떤 것도 중요하지 않아.

그 어떤 것도.

그렇게 태어난 작품이란 드물다.

그토록 세상으로부터 초연한 가운데 태어난…

모든 것이 투명하다.

그녀는 정확하게 알고 있다, 무엇을 해야 하는지.

그녀의 두 손에 더 이상 머뭇거림이라곤 없다.

내 기억들을 그릴 거야, 소설적인 방법으로!

그림마다 짧지 않은 텍스트를 붙일 거야.

그건 그녀가 스스로를 바라보는 만큼 읽히는 하나의 역사다.

그리기와 글쓰기.

그 둘의 만남은 스스로를 온전하게 표현하는 방식이다.

혹은 *완벽하게*라고 말할까.

그것은 하나의 세계다.

이것은 칸딘스키가 내린 정의로 돌아간다.

예술작품을 창조하는 것은 하나의 세계를 창조하는 것이다.

그 자신이 이 공감각共感覺에 무릎 꿇으며 내렸던 정의다.

여러 감각의 이 직관적인 합일.

그는 음악에 이끌려 색을 선택했다.

*삶인가, 아니면 연극인가?*는 감각과 감각이 나누는 대화다.

그림, 단어들, 그리고 음악까지.

구렁텅이에 빠진 삶의 치유에 필요한 예술의 결합.

그것은 과거의 재구성을 위해 필수불가결한 선택이다.

샬로테의 그림들은 힘과 독창성의 소용돌이다.
그 작품을 발견할 때 무슨 일이 일어나는지 아는가?
그럴 땐 심각한 미학적 정서가 꿈틀댄다.
나는 그때 이후로 그 생각을 멈출 수가 없었다.
샬로테의 삶은 나에게 떨칠 수 없는 하나의 강박이 되었다.
난 모든 장소와 색채를 편력했다, 꿈속에서 그리고 현실에서.
그리고 샬로테의 모든 것을 사랑하기 시작했다.
하지만 내 눈에는 *삶인가, 아니면 연극인가?*야말로 핵심이다.

그것은 창조라는 여과기를 거친 삶이다.
현실이라고 하는 왜곡을 얻기 위해서.
그녀의 삶의 주역들이 등장인물로 변한다.
극장에서 그렇듯, 그들은 첫머리에 소개된다.
알프렛 볼프존은 아마데우스 다벌론이란 이름으로 나온다.
잘로몬 가문은 칸씨 집안으로 바뀐다.
샬로테는 3인칭 시점으로 자신을 이야기한다.
모든 게 현실이라면, 이런 거리 두기는 필요해 보인다.
이야기 속에 진정한 자유를 획득하기 위해서는 말이다.
판타지가 훨씬 더 수월하게 솟구칠 수 있으니까.

형식 안에서 만나게 되는 완전한 자유.

그림과 이야기에다, 그녀는 음악적 지시도 덧붙인다.

자기 작품의 음악 테이프랄까.

바흐, 말러, 혹은 슈베르트와 더불어 가는 여정.

혹은 독일의 유행가들.

샬로테는 자신의 작품을 *징어슈필*[31]이라 부른다.

'노래로 부른 연극'과 똑같은 뜻이다.

음악, 연극, 하지만 영화까지도 담겨 있다.

이미지의 배치는 무르나우[32]와 랑[33]에서 영감을 얻은 것.

한 인간의 삶에 미친 모든 영향이 거기 드러난다.

그러나 그것은 섬광과도 같은 그 삶의 독자성 안에서 잊혀지고

그리하여 전대미문의 독특한 스타일이 창출된다.

이제 마침내 시작할 때.

샬로테는 자기 작품의 사용법을 제시한다.

자기 창작물의 연출을.

이 그림들의 창조는 아래와 같이 상상되어야 한다:

한 여자가 바닷가에 앉아 있다.

그녀는 그림을 그리고 있다.

느닷없이 하나의 선율이 뇌리를 스치고 지나간다.

---

31 Singespiel : 독일어에서 '노래하다'는 의미의 singen과 '연극, 놀이, 장난'이란 뜻의 Spiel을 합성한 이름으로 샬로테 잘로몬이 자신의 회화 연작에 직접 만들어 붙인 이름이다._옮긴이

32 Friedrich W. P. Murnau : 회화의 기법을 영화에 도입한 독일 무성영화의 거장 감독으로, 사상 최초의 흡혈귀 영화인 〈노스페라투〉로 유명하다._옮긴이

33 Fritz Lang : 인간의 정신세계를 전위적으로 표현한 독일의 거장 감독으로, 인류 최초의 SF 영화로 간주되는 〈메트로폴리스〉 등의 걸작을 남겼다_옮긴이

그 노래를 흥얼거리기 시작하는 순간…
그녀는 깨닫는다, 이 선율은 어쩜 이렇게 딱 어울릴까…
내가 지금 종이에 그리려고 하는 것과 말이야!
그녀의 머릿속에 하나의 텍스트가 만들어진다.
그리고 자신의 가사를 넣어 그 선율을 노래하기 시작한다.
거듭거듭 되풀이한다.
그림이 완성된 걸로 보일 때까지, 강렬한 목소리로.

그녀는 마침내 이 인물의 마음상태를 또렷이 밝힌다.
그녀는 잠시 인간의 구역으로부터 사라질 필요가 있었다,
또 그러기 위해선 모든 희생을 감내해야 했다,
존재의 심연으로부터 자신의 우주를 재창조하기 위해서.

인간의 구역으로부터 사라질 필요…

07

처음 며칠, 샬로테는 도통 집중할 수가 없다.
에르미타쥬의 아이들이 왁자지껄 사방팔방 뛰어다니기 때문이다.
그래도 오틸리가 샬로테를 방해해선 안 된다고 말해주고
최고급 종이를 구해주는 등, 그녀를 돕기 위해 최선을 다한다.

한창 물자가 부족해진 시절인데도 말이다.

모리디스까지 가세해 이 천재를 보호하는 측근그룹이 꾸려진다.

그 서클에 할아버지는 참가하지 않는다.

아니, 참가는커녕 손녀를 집요하게 괴롭힌다.

샬로테는 그가 나타나기만 하면 화가畫架를 들고 달아난다.

그는 소리 지르며 뒤따라간다, 넌 날 돌보기 위해 있는 거야!

기껏 그림이나 그리라고 널 여기 오라고 한 게 아니라고!

사태는 갈수록 점점 더 나빠진다.

과일을 훔쳐놓고는, 아이들 탓을 한다.

샬로테는 그를 떠나야 한다, 그 외엔 도리가 없다.

작업을 계속하려면 스스로를 지켜야 하니까.

얼마 전 그녀는 마르뜨 페셰를 알게 되었다.

마르뜨는 생-장-캅-페라에 있는 벨 오로르 호텔의 지배인.

그녀는 샬로테가 무료로 호텔에 기거할 수 있도록 해준다.

그녀 역시 샬로테의 천재성에 설득된 것일까?

틀림없이 그럴 것이다.

샬로테가 원할 땐 언제라도 방을 내주겠다고 나선다.

1호실을 쓰라고.

바로 이 방에서 샬로테는 거의 2년 동안 창작에 몰두하게 된다.

1층에 있는 방이지만 호텔이 높은 데 자리 잡고 있어서

문을 열고 나가기만 하면 바다가 보인다.

나는 이 방을 항상 낙원 같은 피난처로 상상했었다.

그러나 사실은, 오히려 감방과도 같은 인상을 더 풍긴다.
벽돌로 된 벽이 그런 느낌을 더 강렬하게 만든다.

자신이 아끼는 그녀가 *일하면서 부르는 콧노래*를 듣는 마르뜨.
그래, 저건 저 친구의 표현 방식이지.
샬로테는 노래하면서 그림을 그리잖아.
자기 그림의 반주로서 지정하는 음악이지.

마르뜨의 증언에 의하면 샬로테는 거의 밖을 나가지 않는다.
며칠이고 오롯이 작업에 바치는 날들이 이어진다.
얼마나 창작에 집착하는지를 넉넉히 보여준다.
샬로테는 알프렛이 했던 한 마디 한 마디를 기억한다.
그리고 현기증 나는 그의 독백을 모두 재현한다.
한 페이지, 한 페이지, 그의 얼굴을 수백 번 그린다.
두 사람이 헤어진 지 수년이고, 전혀 그를 볼 수 없는데도.
샬로테, 창조에 취해 숨이 멎어도 황홀하다.
과거를 향한 헌신의 이야기처럼.
젊은 안내양이 지켜보는 가운데 나는 1호실을 성큼성큼 거닌다.
이름이 티셈인 그녀는 나를 도와주려고 한다.
상상컨대, 그녀의 눈에는 내가 얼마나 이상하게 보일까.
우중충한 호텔방의 벽을 바라보며 이렇게 황홀경에 빠져 있으니!
난 호텔 측이 문건이나 기록을 보유하고 있는지 알고 싶었다.
호텔 주인은 내게 전화를 해주지 않았다.

그의 이름은 마랭이다.

바다와 관련된 이름³⁴을 가져야 이 호텔을 운영할 수 있나?

아니, 그보다, 이 양반, 방 앞에 안내판이라도 하나 걸어줄까?

이 시점에서 내가 왜 표지판에 집착하는 거지? 알 수 없다.

무엇보다 우선은 이 장소를 보존해야 한다.

필요하다면 내가 이곳을 보살피고 필요한 걸 다 할 수 있다.

추억을 의미하는 이 벽들을 사람들이 존중하도록 만들기 위해.

그래, 추억을 넘어 그 천재성의 형체 없는 증거이기도 하니까.

08

샬로테는 여러 번 니스를 다녀와야 한다, 내키진 않지만.

할아버지가 거기 홀로 살고 있기 때문이다.

의자에 앉아 추억을 곱씹고 있는 그의 모습을 발견한다.

1942년 한여름 할아버지를 뵈러 가던 중 공고문을 보게 된다.

유대인들은 당국에 신고해야 한다는 법이 통과된 것.

벨 오로르 호텔로 돌아오자, 샬로테는 마르뜨에게 묻는다.

어떻게 하죠?

그러나 사실은 이미 마음을 먹은 샬로테.

---

34 호텔 주인의 이름 Marin은 '바다의, 바다에서 나는'이란 뜻을 지닌 프랑스어다. _옮긴이

스스로 신고하러 가기로 한다.

마르뜨가 다그친다, 왜, 왜 그런 어리석은 짓을?

샬로테가 답한다, 그게 법이니까요.

예정했던 그날, 그녀는 니스를 향해 떠난다.

경찰서 앞에 사람들이 길게 줄을 지어 있다.

이 모습에 그녀는 다시 확신한다, 사람들은 고분고분해.

하나같이 말쑥한 차림이고, 연인들은 손을 맞잡고 있다.

날은 덥고 기다림은 지루하게 이어진다.

잠시 후 몇 대의 버스가 광장 가까이에 멈춰 선다.

사람들이 모두 서로를 쳐다본다.

그러면서도 서로를 안심시키려 애쓴다.

어쨌든 소요를 일으키거나 한 일은 전혀 없잖아.

샬로테는 다시 귀르 수용소를 떠올린다.

설마 이 단순한 조사 뒤에 체포의 의도가 숨어 있을 리가?

다시 수용소로 돌아가야 하는 것보다 처참한 일은 없으리.

파리에선 엄청난 유대인 검거령이 내렸던 모양이다.

하지만 여기엔 진실을 아는 사람이 어디 있겠는가?

독일이나 폴란드에서 무슨 일이 벌어지고 있는지 누가 알겠어?

아무도 모르지.

샬로테는 더 이상 아버지와 파울라의 소식을 못 듣고 있다.

소식이 끊긴 지 너무도 오래다.

이젠 뭐가 뭔지 전혀 알 수 없어.

최소한 두 분이 살아 계시기라도 한 걸까?

하루도 빼지 않고 그들을 생각한다.

그리고 알프렛, 나의 아마데우스.

그이는 살아가는 요령이 너무 부족해 빠져나왔을 리가 없어.

절대 그럴 리 없어.

그가 죽었을지 모른다는 생각은 도저히 견딜 수 없다.

아니, 그럴 수는 없어.

어디에선가 느닷없이 경관들이 모습을 드러낸다.

그들은 조심스럽게 광장을 에워싼다.

어느 누구도 달아날 수 없다.

이건 함정이다, 이제야 모든 게 뚜렷해진다.

어쩜 내가 이토록 어리석을 수 있단 말인가?

나와, 이 모든 사람들이?

온 세상이 우릴 봐주지 않고 따라다니며 괴롭혀.

그게 지금 와서 달라질 까닭이 없잖아?

저들은 유대인들에게 버스에 올라타라고 한다.

모두들 경관에게 우르르 달려가 질문을 던진다.

아니, 우리, 어디로 가는 겁니까?

우리가 무슨 짓을 저질렀다는 거요?

평온하던 분위기는 삽시간에 불안으로 바뀐다.

경관들은 한층 더 엄격해진다.

그러면서 극심한 공황 상태만은 피하려고 애쓴다.

그냥 통상적인 조사일 뿐이요.

조금도 걱정할 게 없다니까요.

자, 자… 올라가요, 그래, 괜찮다니까.

다들 자리에 앉으면 마실 것을 나눠줄 거요.

샬로테는 다른 사람들과 함께 자리를 잡는다.

바로 그 순간, 그녀가 그렸던 작품들이 생각난다.

다시 돌아오지 못한다면 어떡하지?

내 작품들은 어떻게 될까?

마르뜨는 믿을 수 있는 사람이야.

작품들을 보살펴줄 거야, 그럴 거야.

하지만 아무리 그래도…

그림을 끝내지도 못했는데.

완성하려면 아직 한참 멀었는데.

어떻게 나한테 얼마든지 시간이 있으리라고 믿었단 말인가?

난 추방된 사람인데, 도망자인데.

역병에 걸린 사람 취급인데.

어떻게든 여기서 풀려나면, 내 작품부터 끝장을 볼 거야.

가능한 한 빠른 시간 내에.

그 일을 성취하지 못한 채 내버려두는 건 상상도 할 수 없어.

좌석 사이로 한 경관이 걸어온다.

샬로테를 보자 그의 시선이 멈춰진다.

경관은 뜨거운 눈길로 그녀를 응시한다.

왜 그럴까?

내가 무슨 별난 행동을 했나?

전혀 아닌데.

아니, 샬로테는 스스로에게 다짐한다, 아무 짓도 안 했어.

근데 왜?

왜 이렇게 계속해서 날 쳐다보는 걸까?

뭣 때문에?

샬로테의 심장은 격하게 뛰기 시작한다.

까무러칠 것만 같다.

괜찮아요, 아가씨?

샬로테는 대답을 할 수가 없다.

경관이 그녀의 어깨에 손을 얹는다.

그리곤 말한다, 걱정 말아요, 괜찮아질 테니.

안심을 시키려는 말투다.

이 경관은 샬로테가 예뻐서 그 앞에 멈춰 선 것이다.

일어서서 날 따라와요.

샬로테는 몸이 딱딱하게 굳어온다.

꼼짝도 할 수가 없다.

변태성욕자인지도 몰라.

밤마다 한 여자씩 건드렸던 귀르 수용소의 그 놈처럼.

틀림없이 그것 때문일 거야.

그게 아니라면, 왜 하필 나를?

이 버스 안에 젊은 여자라곤 나밖에 없어.

이 자는 날 범하고 싶은 거야.

그래, 맞아.

그거 외엔 다른 이유가 있을 수 없지.

그런데, 그런데… 이 사람의 얼굴은 너무나 부드러워.

게다가 스스로도 전혀 자신이 없는 것처럼 보여.

그의 관자놀이에 땀방울이 송송 맺혀 있잖아.

경관은 끈덕지게 말한다, 아가씨, 날 따라와요.

그리곤 덧붙인다, 부탁해요.

샬로테는 더 이상 어떻게 생각해야 할지 알 수 없다.

그의 젊음과 그의 깍듯한 예절에 조금 안심은 된다.

하지만 이제 어느 누구를 믿을 수 있겠는가!

샬로테는 일어나 그를 따라가기로 결심한다.

두 사람이 버스에서 내리자, 경관은 그녀에게 걸어가라고 한다.

몇 걸음을 더 가자, 두 사람은 버스에서 멀어졌다.

그가 말한다, 이제 가세요!

빨리 떠나서 다시는 돌아오지 말아요.

샬로테가 꼼짝도 않자 그는 다그친다, 빨리 가라니까!

샬로테는 그제야 무슨 일이 벌어지고 있는지 깨닫는다.

이 사람, 지금 나를 구해주고 있는 거잖아.

그에게 고마움을 표해야 할 텐데, 뭐라고 말해야 하지?

어쨌거나 그녀에겐 적절한 말을 찾을 시간이 없다.

서둘러야 한다.

그녀는 걷기 시작한다.

가만가만, 그러다 조금씩 걸음이 빨라진다.

니스의 한 골목길, 샬로테는 마침내 돌아다본다.

아무도 그녀의 뒤를 따라온 사람은 없다.

09

벨 오로르 호텔로 돌아온 후, 모든 게 변한다.

샬로테는 그 어느 때보다 긴박감에 사로잡힌다.

더 지체하지 말고 움직여야 해!

다시 한 번 그녀의 격렬한 특성이 살아난다.

여러 장에 걸쳐 오로지 텍스트만을 담는다.

우리 가족의 역사를 이야기해줘야 해.

너무 늦기 전에.

어떤 그림들은 거친 스케치에 좀 더 가깝다.

샬로테는 그림을 그린다기보다 내달리고 있다.

작품의 후반부를 위한 이런 광란의 상태에는 숨이 막힌다.

심연의 가장자리에서 이루어진 창조.

두려움에 빼빼 마른 은둔의 샬로테는 스스로를 잊고 몰두한다.

마지막 순간까지.

샬로테는 이 모든 걸 아우르며 편지에 이렇게 쓸 것이다:
나의 연극에서 나는 모든 등장인물이었다.
나는 어떻게 모든 방법을 동원하는지 배웠다.
그리고 나는 그렇게 나 자신이 되었다.

마지막 작품은 숨이 막힐 듯 강렬하다.
바다를 향한 샬로테의 모습이 드러나 있다.
그림을 보는 사람에게 등을 돌린 채.
자신의 몸에다 제목을 쓴다; *삶인가? 아니면 연극인가?*
자기 생을 주제로 한 이 작품은 물론 그녀 자신을 담아건다.

이 이미지는 기이하게도 샬로테의 사진 한 장과 비슷하다.
그 원화에는 언덕에서 그림을 그리는 샬로테가 보인다.
지중해 위로 불쑥 튀어나온 언덕.
그녀는 무관심하게 대상을 바라보고 있다.
그녀의 관조觀照의 순간을 포착한 사진이라 할까.
대자연과 하나 되어 영위하는 삶의 순간을 말이다.
샬로테는 풀 속으로 녹아들어가는 것 같다.
하늘 빛깔을 향한 찬탄에 넘치는 맘으로.
그 광휘를 마주하면 괴테의 마지막 말이 생각난다.
죽음의 언덕에 이르러 그는 소리쳤다, 빛을 좀 더!

죽기 위해선 눈부신 빛이 필요하다.

10

여러 시간에 걸쳐 그녀는 모든 그림을 분류한다.
자신의 이야기에 질서를 부여해야 한다.
마지막 몇 개의 그림에는 번호를 붙여야 하고.
이제 마지막으로 음악적 지시를 덧붙인다.
전부 모아놓으니 세 개의 묶음이 된다.
샬로테는 거기에다 적어놓는다; "무어 부인의 물건"
이 작품은 당연히 오틸리에게 돌아가야 하니까.
하지만 만에 하나 그녀가 도망을 가야 하거나 죽게 된다면?
우선은 무슨 일이 있더라도 내 작품을 지켜야 해.
안전한 장소에 보관해야 돼.

샬로테는 세 묶음을 커다란 가방에 넣어둔다.
그리고 자신의 방을 마지막으로 한번 둘러본다.
특별한 하나의 감정이 그녀의 마음을 관통한다.
기쁨과 멜랑콜리의 묘한 뒤섞임.
그녀가 성취한 것은 집착의 삶에 대한 잠정적인 마감이다.
하나의 작품을 마칠 때면, 바깥세상이 새롭게 보인다.

여러 달 동안 자기성찰이 끝난 후의 그것은 휘황찬란한 세상.
내면으로만 시선을 고정하던 습관을 순식간에 버리게 된다.

오래오래 마르뜨를 끌어안고 작별의 안타까움을 나눈다.
샬로테는 진심으로 그녀에게 고마움을 느낀다.
그러나 이제 떠나야 할 때.
그렇게 샬로테는 빌프랑시-쉬르-메르를 향한 여정을 시작한다.
걸어서, 그녀의 가방을 들고.
그날 샬로테와 조우遭遇할 수 있었던 사람들, 누구였을까?
필생의 작품을 들고 걸어가는 그녀와?

샬로테는 돌아와 거의 2년 전 자신을 치료했던 의사를 만난다.
이곳의 지인들 중 믿을 수 있는 사람은 모리디스뿐이다.
오틸리는 미국으로 돌아가고 없다.
임박한 위험을 느끼고 프랑스를 떠난 것이다.
아홉 명의 아이들과 커다란 차를 타고 길을 떠났다.
염소 두 마리, 그리고 돼지 한 마리와 함께.
목적지는 리스본, 거기서 대서양을 건널 참이었다.
샬로테는 할 수만 있다면 그들의 탈출에 참여하고 싶었다.
부탁해요, 날 두고 떠나지 말아요, 그렇게 간청했다.
그러나 그건 불가능했다.
아이들과는 달리, 그녀에겐 여권이 있어야 하니까.
샬로테는 체념하고 오틸리에게 그림을 받아달라고 했다.

작별의 선물로서.

이 미국 여인은 샬로테에게 따뜻한 감사를 표했다.

이렇게 말하면서, *이건 황금보다 더 가치가 있어!*

이 여자는 샬로테에게 너무나도 소중했다.

어머니이자, 후원자였다.

그래서 모리디스를 통해 그녀에게 자신의 작품을 맡긴다.

그리고 그 작품을 그녀에게 헌정한다.

이제 샬로테는 모리디스의 진료실 앞에 서 있다.

초인종을 누른다.

모리디스 박사가 직접 문을 열어준다.

오… 샬로테! 그가 말한다.

샬로테는 아무런 대답도 하지 않는다.

그녀는 박사를 그윽이 쳐다본다.

그러더니 들고 있던 가방을 그에게 내민다.

그리고 말한다, *이게 제 삶의 전부예요.*

모리디스 박사 덕택에 우리는 이 한 마디를 알고 있다.

이게 제 삶의 전부예요.

그건 정확하게 어떤 의미일까?

내 삶의 모든 것을 이야기하는 작품을 드릴게요?

혹은, 내 삶만큼이나 중요한 작품을 당신에게 드릴게요?

그것도 아니면, 이게 제 삶의 전부예요, 내 삶은 끝났으니까?

240

그녀가 죽을 것임을 의미하는 말인가?

이게 제 삶의 **전부**예요.

이 한마디가 도무지 머리를 떠나지 않는다.

그 모든 가능성들이 사실인 것만 같다.

모리디스는 가방을 열어보지 않는다.

소중하게 그것을 보관해둔다.

이렇게 말해도 좋으리라; 그것을 잘 숨겨둔다고.

이 작품이 숨겨져 있던 장소를 그의 딸이 내게 보여주었다.

너무도 생생한 과거를 마주한 나는 꼼짝도 할 수 없었다.

참으로 흔치 않게 강렬한 감정에 휩싸였다.

이게 제 삶의 전부예요.

제 8 부

01

샬로테는 에르미타쥬로 되돌아와 살아간다.
정원에 있던 할머니의 모습을 돌이켜 생각해본다.
하지만 더 이상 존재하지 않는 모습.
아이들이 뛰노는 광경이 눈앞에 다시 펼쳐진다.
그러나 이 또한 더 이상 존재하지 않는 광경.
아이들은 거의 모두 떠나고 없다.
저택 자체가 이제 고아원을 닮아 있다.
그리고 아름다움 역시 슬픔으로 변했다.

지금은 이 곳에 한 남자가 살고 있다.
알렉잔더 나클러.
오스트리아 출신의 난민인 그는 오틸리의 연인이었다.
하지만 어느 누구도 그 사실을 아는 것 같지 않다.

커다란 몸집의 어설픈 이 남자는 말수가 적다.
입이 무거운 두 사람이 만나면 어떤 일이 일어나는가?
샬로테는 어떻게 행동해야 할지 알 수가 없다.
오틸리는 그녀에게 *친구 한 명*을 남겨두었다.
정확한 표현은, *어찌 해야 할지 알 수 없는 친구*란다.
이건 샬로테가 했던 말이다.

두 사람은 서서히 가까워진다.
나클러는 거의 마흔 살이다.
그는 나치의 마수를 벗어나기 위해 1939년 알프스를 넘었다.
길고도 험난한 그 여정은 적지 않은 상흔을 남겼다.
얼핏 튼튼해 보일지 몰라도, 사실 그는 너무나 허약하다.
어렸을 적 사고를 당해 제대로 걷지 못한다.
엄청 큰 흉터가 이마 앞쪽을 가리고 있다.
그는 여러 가지가 기묘하게 뒤섞인 사람이다.
누구든 보호해줄 듯한 풍채를 지닌 그런 유의 남자,
하지만 결국 사람들이 금세 보호해주고야 마는 남자.

샬로테는 나클러가 엄청난 거구라고 생각한다.
그와 이야기하려고 머리를 쳐들어야 하는 게 마뜩찮다.
어쨌거나 그에게 말을 거는 일도 별로 없긴 하지만.
두 사람은 정원에서 서로 지나친다.
잠시 미소를 주고받거나 서로 무시한다.

그러나 11월에 접어들어 모든 것이 변한다.
독일이 프랑스 전역을 침공해 들어온 것이다.
그래서 이 두 피난민은 서로의 공포를 안아준다.
그들은 가까이 다가가고, 약간의 접촉이 시작되기도 한다.

02

샬로테는 지금도 꾸준히 할아버지를 찾아뵌다.
그럴 때마다 똑같은 광경이 반복된다.
손녀를 보자마자 할아버지는 끔찍스런 말을 울부짖는다.
샬로테는 결국 참담한 심정으로 떠나고 만다.
그녀에게 남은 혈육이라곤 할아버지 한 사람뿐인데.
나클러는 샬로테를 위로한다.
아예 그녀와 함께 할아버지를 방문하는 경우도 많다.
누가 봐도 알겠지만, 할아버지는 이 낯선 불청객이 싫다.
샬로테와 단둘이 있을 때 그 남자에 대해 캐묻는다.
이 오스트리아 친구가 맘에 든다고 말하려는 건 아니겠지?
네가 그 친구와 함께 있다는 건 말도 안 돼.
내 말 듣고 있니?
부랑자 같은 녀석이라니까!
우린 그룬발트 가문이란 걸 절대 잊지 마!

넌 너랑 신분이 같은 남자랑 결혼해야 한다고!

샬로테에게 그런 할아버지는 참으로 터무니없다.
더 이상 존재하지도 않는 세상의 환각 속에 살고 있으니.
그렇지만 그를 언짢게 하고 싶진 않다.
할아버지가 무슨 말을 하든 샬로테는 들어준다.
그렇게 자라왔으니까; 손위 사람들에겐 고분고분해야 돼!
이 부르주아 교육, 이것은 과거의 한 가지 유물이다.
그리고 유물이란 소중히 여겨야 한다.
그들이 조금 더 오래 살기 위해선 무슨 짓이든 해야지.
샬로테는 이 어리석은 복종을 통해 어린 시절이 떠오른다.

그녀는 할아버지에게 답한다, 네.
게다가 사실 그녀는 나클러를 사랑하는 것도 아니다.
그 사람이 무척 좋기는 하다.
그가 필요하기도 하다, 그의 따뜻한 마음씨가.
하지만 이건 사랑이 아니다.
샬로테는 단 한 남자 외엔 사랑할 수 없다.
언제나 바로 그 남자뿐이다.
근데… 그 남자는 과연 존재하기는 했던가?

며칠 후 할아버지는 극심한 고통을 느낀다.
그는 약국까지 가볼 생각으로 집에서 나온다.

마침내 약국에 도착하지만 바로 그 앞에서 쓰러진다.

그렇게 길에서 할아버지는 세상을 뜨고 만다.

샬로테는 이 소식을 듣자, 차라리 아픔이 완화되는 느낌이다.

무거운 짐을 내려놓은 느낌이랄까.

차라리 할아버지가 사라져버리기를 몇 번이나 바랐던가.

할 수만 있었다면 그 날을 앞당기려는 짓을 했을까?

후일, 그녀는 그의 음식에 독을 넣었다고 편지에 고백한다.

그것이 사실일까?

그건 연극의 일부일까?

있을 수 없기도 하고 동시에 그럴 법도 하다.

할아버지가 그녀로 하여금 감내하게 만든 모든 일을 고려하면.

끊임없이 난폭했던 태도와 그녀의 작품에 대한 경멸.

그리고 성적인 압박감까지.

나는 샬로테의 추종자들과 메시지를 주고받는다.

그 중에 특히 오틸리의 종손녀인 다나 플레이즈가 있다.

우리는 과연 이런 사건이 가능한지를 논의한다.

이 같은 극단적인 제스처의 가능성에 대해 환상을 품는다.

이것은 소설 속의 소설이다.

샬로테는 할아버지의 무덤을 응시한다.

할머니의 무덤이기도 하다.

보라, 이제 그들은 영원히 하나가 되어 있다.

고대의 건물과 흙먼지를 사랑했던 그들.

공동묘지는 텅 비어 있은 지 오래다.

전쟁 중에는 죽은 자를 자주 찾지 않는 법인가?

샬로테는 마지막으로 한 번 뒤돌아본 다음, 마침내 떠난다.

살아 있는 사람을 떠날 때 가끔 그러듯이.

03

1942년 11월 11일, 프랑스는 전 국토를 점령당한다.

이전의 자유 지역은 독일과 이탈리아가 나누어 가진다.

알프-마리팀 주州[35]는 이탈리아의 관할로 들어간다.

이 점령군은 동맹국 독일과 달리 인종정치를 실시하지 않는다.

니스와 주변 지역엔 많은 유대인들이 번창하고 있다.

그래서 유럽에서 접근할 수 있는 거의 유일한 피난처가 되었다.

여기서 샬로테와 나클러는 안전한 것처럼 보인다.

하지만 그게 얼마나 계속될까?

두 사람은 전세가 어떻게 변하고 있는지 끊임없이 이야기한다.

---

35 Le Département des Alpes-Maritimes ; 프로방스, 알프, 코트다쥐르 지역을 아우르는 데파르트망. 여기서 데파르트망은 대개 "주"로 번역되는 프랑스의 지방자치 행정단위다. _ 옮긴이

미군은 과연 상륙할 것인가?

샬로테는 이런저런 억측을 더 이상 견딜 수 없다.

1933년 이래로 우리는 좀 더 나은 미래를 희망하지 않았던가.

하지만 벌어지는 거라고는 언제나 최악의 일뿐.

그녀도 물론 자유와 해방을 믿고 싶다.

그러나 이곳에 성조기가 휘날릴 때에만 그럴 수 있다.

그들의 대화에는 여백이 많다.

그것은 여기저기 두서없이 던져진 말들이다.

저들이 입을 맞춘 것은 그 때문일까?

침묵을 멈추기 위해서?

둘 중 어느 누구도 먼저 나설 수는 없다.

자, 그럼, 어떻게 그런 일이 생기는 걸까?

조금씩 점진적으로.

충동과 격정의 순서와는 달리 말이다.

오히려 그건 일종의 아주 미세하고 체계적인 진행이다.

그들은 점점 더 가까워지면서 서로 이야기를 나눈다.

그러다 어느 날 밤 두 사람의 입술이 포개진다.

이제 샬로테는 스물여섯 살 한창 때의 아가씨다.

4월엔 나클러와 함께 자기 생일을 축하한다.

그는 어떤 골동품상에서 자그마한 액자를 찾아냈다.

거기다 샬로테의 그림 한 점을 넣어주었다.

이 단순하고도 예쁜 제스처가 샬로테를 감동시킨다.

누구의 손길도 그녀에게 닿지 않은 게 벌써 몇 년째인가.
정말 여자였던 적이 있었던가? 더 이상 기억도 나지 않는다.
알프렛이 무릎을 꿇고 그녀에게 키스하던 순간들.
남자가 그녀를 욕망하고, 탈취하고, 거칠게 다루었던 순간들.
그 순간들은 어떻게 된 것일까?
이유는 모르지만, 이 남자의 욕망의 무언가가 역겹다.
샬로테는 부드러운 충동의 전진을 허용하지 않는다.
알렉잔더의 애무는 그녀에게 거의 폭력처럼 다가온다.
그녀는 그를 밀쳐낸다.
무슨 일이 벌어지고 있는 거지?
그녀는 반응을 할 수 없다.
남자는 그것이 자기 탓이라는 생각에, 당장 사라지고만 싶다.
여자 역시 욕망을 느끼고 있음을 그가 무슨 수로 짐작하리요?
욕구로 보이는 일체의 행동은 무의식중에 회피하고 있다는 걸?

그런 상황은 오래 가지 않고, 샬로테는 스스로를 풀어버린다.
그 순간은 그녀를 격렬한 도취에 빠뜨린다.
샬로테는 알렉잔더의 손을 잡아, 그를 이끌어간다.
그의 거대한 손, 자신이 없는 것 같지만 힘센 그의 손을.
그녀는 곧장 한숨을 토해낸다.

04

사랑 나누기는 두 사람의 일상사로 변한다.

가꾸지 않는 정원이 이 육감적인 방황을 수반한다.

나무들, 뜨거운 열기, 그리고 향기.

두 사람의 일탈을 위한 이상적인 무대다.

그건 확실히 어떤 세계의 태어남을 닮아 있다.

이 시기가 샬로테를 어지럽게 만들기 시작한다.

그녀는 현기증을 느낀다.

이전의 현기증과는 어딘지 다른 현기증을.

그렇다면 이것이 바로 그것인가?

그녀는 손으로 배를 쓰다듬어본다.

이처럼 경직된 채, 아연실색한 상태가 된다.

이런 일이 생길 수 있으리라곤 상상도 못했다.

그녀는 자신의 몸을 종종 성벽에다 비유하곤 했다.

스스로를 보호하기 위한 그녀의 유일한 무기.

하지만 믿을 수밖에 없다, 이제 막 생명이 침투했다는 것을.

그래, 샬로테는 아이를 밴 것이다.

사실을 말하자면 임신이란 말 또한 보호본능을 불러일으킨다.

알렉잔더는 행복해서 미칠 지경이다.

그는 정원에서 물구나무서기로 걸어 다닌다.

세상은 이 남자처럼 단순해야 하는 건데.

하지만 그는 샬로테의 반응을 정말이지 이해할 수 없다.
행복하지만 동시에 뭐가 뭔지 모를 수도 있다고 얘기하잖아!
혼란스러운 것과 행복은 서로 양립할 수 없는 게 아니라고.
샬로테는 어머니 생각을 한 시도 지울 수가 없다.
잊어버렸다고 철석같이 믿고 있던 감정이 되살아난다.

이거, 놀랍고 신기하지 않아? 알렉잔더가 묻는다.
……

당신에겐 그저 약간의 시간이 필요한 것뿐이야.
행복을 맞아들일 시간.
당신도 행복한 삶을 누릴 수 있다는 걸 인정할 시간.
한 남자, 그리고 아이와 함께 말이야.
이거, 놀랍고 신기하지 않아? 알렉잔더가 다시 묻는다.
네, 정말 놀랍고 신기해요.

두 사람은 몇 시간씩이고 아이의 이름을 떠올려본다.
샬로테는 뱃속의 아이가 딸이라고 확신한다.
니나, 아나이스, 에리카.
저들은 생명을 기대한다.
미래는 하나의 구체적인 공간이 된다.
하지만 알렉잔더가 생각하기에 일에는 순서가 있는 법.
그는 우선 결혼을 하고 싶어 한다.

나에겐 지켜야 할 가치가 있소, 자랑스럽게 말하는 그.
자신의 아이를 가진 이 여자와 결혼해야 한다는 것이다.

05

모리디스와 그의 아내가 이 결혼의 증인이다.
증인! 바로 이 말이 여기선 가장 중요하다.
증인이 필요한 거다, 이 모든 게 진짜임을 확신하기 위해선.
사랑을 공식적인 것으로 만들기 위해선.
바닥에 바짝 엎드려야 할 세상에서 대낮에 사랑을 외치기 위해선.
그들은 공회당에서 신분을 밝히고 주소를 말해준다.
알렉잔더는 자신이 유대인이라고 말해야 그녀와 결혼할 수 있다.
지금까지 그는 가짜 서류를 지니고 있지 않았던가.
헌데 두 사람은 무엇 때문에 이러는 걸까?
더 이상 존재하지 않음을 견딜 수 없는 때가 틀림없이 오니까.

난 오랫동안 믿어왔다, 이 결혼이 두 사람에겐 손해가 되었다고.
여러 가지 요소들을 재구성해보면, 모든 게 들어맞았다.
하지만 나는 이야기의 전혀 다른 전말顚末을 발견할 터였다.
그러니까 이 결혼은 둘의 숙명을 조금도 바꾸지 않았던 것.
그것을 사회적인 반항과 동일시할 수는 없잖은가.

증거 : 샬로테와 알렉잔더는 계속 에르미타쥬에 머물러 있다.

원하면 누구나 그들을 찾을 수 있는 곳에.

이탈리아가 점령하고 있어 그들은 안전하고 보호받는 느낌이다.

달리 해석할 길이 없이 바로 그거다.

결혼을 할 정도로, 주소를 밝힐 정도로 안전하게 느끼는 것이다.

그렇지만 사태는 위태롭기 짝이 없다.

일부 인사들이 유대인들의 탈출을 도우려고 애를 쓴다.

그 중에서 안젤로 도나티는 가장 야심만만한 계획을 내놓는다.

이탈리아 정치인인 그는 유대인 구조계획을 소상히 제시한다.

그는 바티칸에서의 회담이나 대사들과의 모임을 연결시킨다.

그리고 팔레스타인으로 떠날 여러 척의 선박을 전세 낸다.

이탈리아 총영사도 도나티를 지원한다.

여러 가지 반유대인 정책은 모두 취소된다.

이탈리아 헌병들이 유대교회당을 지켜준다.

친독일 프랑스 의용대의 기습을 미연에 방지하기 위해서.

니스에서는 마리-브누와 신부가 마찬가지로 도나티를 돕는다.

이 모든 것이 굳게 결속된 하나의 보호막을 형성한다.

말할 것도 없이 어느 젊은 커플의 무감각을 부추기면서.

그러나 1943년 9월 8일, 이탈리아는 물러나고

독일군이 이 지역의 통제권을 장악한다.

06

유대인들은 대가를 치러야 하고 치를 것이다.

이를 위해 친위대 책임자 중에서도 최악의 인물이 파견된다.

아마도 가장 잔인한 인간, 알로이스 브루너[36].

그의 일생을 읽으면 구역질이 난다.

곱슬곱슬한 갈색 머리에 왜소한 체구.

극도로 허약한 체질로, 뒤틀린 것처럼 보이는 몸집.

한쪽 어깨는 다른 어깨보다 불쑥 들려올라가고.

아리아인의 전형에 어울리지 않는 불안이 그의 증오를 부채질한다.

자신의 피가 순수함을 누구보다 더 열심히 증명해야 하니까.

하지만 소용없다, 그는 흔해빠진 인간일 뿐.

카리스마라곤 약에 쓸래도 없고, 목소리엔 울림이 없다.

하지만 그를 한번 본 사람은 절대 그를 잊을 수 없다.

그의 난폭함이며 사악한 행위에 대한 증언들은 교훈을 준다.

잔혹하고, 상스러운 그는 언제나 장갑을 끼고 있다.

행여나 유대인과 살이 닿을지 모른다는 두려움 때문에.

*

36 Alois Brunner ; 오스트리아 출신으로 SS(친위대) 소속이며, 아돌프 아이히만이 다섯 손
가락 안에 꼽던 충복이었다. 1944년까지 적어도 14만 명의 유대인을 죽음으로 내몬 그는
1954년 프랑스에서 체포, 재판에 회부되어 인류에 대한 범죄로 종신형을 선고받았다. 하
지만 병을 가장하여 형 집행을 유예받은 뒤 적십자 여권을 위조해 로마로 도피했고, 2010
년 사망한 것으로 추정되기까지 시리아에 거주하면서 나치의 고문과 조사 기술을 시리아
정부에 전수했던 것으로 전해진다. _옮긴이

전쟁이 끝난 다음, 그는 어찌어찌 탈출에 성공한다.

자신의 정체를 감추고 시리아로 건너가 거기서 보호를 받는다.

엘-아사드의 가족이 그와 더불어 장사를 한다.

그리고 고문이라는 분야에서의 탁월한 그의 능력으로 이득을 본다.

하지만 결국 그의 가면은 벗겨지고 만다.

그의 반대에도 불구하고 국제적인 체포령이 내려진다.

시리아 정부는 그의 인도를 지속적으로 거부하게 된다.

모사드 요원들은 아이히만의 경우처럼 해결하기를 꿈꾼다.

브루너를 납치해와 이스라엘에서 심판 받게 만드는 꿈을.

그러나 다마스까지 침투하기란 불가능해 보인다.

그들은 폭탄이 장착된 소포를 보내는 데 성공할 뿐이다.

이 때문에 브루너는 한쪽 눈과 한 손의 손가락을 잃는다.

하지만 그걸로 그의 평온한 삶이 방해받지는 않는다.

1987년 *시카고 선-타임즈* 기자가 그와의 인터뷰 기회를 얻는다.

처형당한 유대인들에 대해서 그는 이렇게 떠벌린다:

"그들은 모두 죽어 마땅한 사람들이었소.

악마가 보낸 존재들이고, 인간쓰레기들이니까 말이오."

그리곤 덧붙인다, "다시 그래야 한다면, 난 기꺼이 다시 하겠소."

브루너는 아마도 1990년대 중반에 사망한 걸로 보인다.

숨을 거둘 때까지 보호를 받으면서.

*

그리스와 드랑시에서 성공한 덕택에 니스에 입성한 브루너.

그는 엑셀시오르 호텔에 사령부를 설치한다.

입구 바로 옆에다 강제수용 직전의 유대인들을 가두어두면 된다.

지금 이 시설 전면에는 추모 현판이 걸려 있다.

앞뜰로는 통행이 불가능해, 말하자면 감옥으로 써먹을 수 있다.

그 주위는 몇 개의 건물로 둘러싸여 있다.

니스의 일부 아파트들은 이곳이 가장 잘 보이는 위치에 있었다.

어떤 주민들은 유대인을 처형하는 광경을 목격했다.

브루너는 그런 생각에 틀림없이 흥분을 금치 못했으리라.

자신의 야만성을 경탄하며 바라볼 대중이 있다는 생각에.

그는 열네 명으로 이루어진 팀을 구축한다.

유대인 사냥을 위한 일종의 특공대.

니스에 부임하면서 그는 모든 것이 간단할 거라고 생각한다.

하지만 셰뇨 지사는 시정목록施政目錄을 파기해버렸다.

그리고는 이탈리아군이 철수하면서 몽땅 가져갔다고 둘러댄다.

그건 도저히 확인할 길이 없는 완벽한 거짓말이다.

그렇게 셰뇨는 수천 명의 목숨을 구해낸다.

분노에 정신이 나간 브루너는 나름의 유대인 사냥에 나선다.

더러는 달아나고, 더러는 산을 넘어 이탈리아로 건너간다.

알렉잔더에게 장애만 없다면, 두 사람 역시 떠날 터인데!

하지만 그는 오래 걸을 수가 없다.

게다가 샬로테는 이미 임신 4개월.

그래서 그들은 에르미타쥬에 그냥 숨어 있기로 결심한다.

집이 너무나 커서, 아무도 눈치 채지 못할 거야.

브루너는 첩보를 제공하는 모든 이에게 상당한 보상을 약속한다.

다음날부터 우편물이 호텔로 몰려든다.

엄청나게 많은 밀고密告의 편지들.

상황은 활기를 되찾는다.

잠을 깬 사냥감들을 침대에서 몰아내야 할 때!

넋이 나간 노인들이 파자마 차림으로 엑셀시오르의 안뜰에 나타난다.

체포된 여자들의 일부는 신체검사를 받는다.

얼굴이 반반한 여자들은 즉석에서 불임시술을 받게 한다.

이들은 병사들을 위한 위안부로 동부전선에 파견될 것이다.

하지만 이걸로는 부족하다, 전혀, 전혀, 충분치 않다.

브루너는 더 많은 걸 원한다, 더, 좀 더.

그는 기이하게도 잔혹한 심문에 앞장선다.

수감된 자들로 하여금 식구들의 정보까지 실토하게 만든다.

유대인이라면 단 한 놈도 빠뜨릴 수 없지.

이곳의 한 호텔에 유명한 작가가 거주하고 있다는 얘기를 듣는다.

거의 팔순이 다 된 트리스탕 베르나르다.

호텔 리셉션에서 사람들은 항의하고 격분한다.

하지만 소용없다, 작가는 부인과 함께 끌려간다.

목적지 니스, 그리고 드랑시까지.

거기서 그들은 기트리[37]와 아를레티[38]가 개입한 다음에야 풀려난다.

07

브루너는 그리스에서 거의 5만 명의 유대인을 수용소로 보냈다.

하지만 니스에서는 온갖 노력을 펼쳤음에도 한참 못 미친다.

체포된 인원이 이제 겨우 천 명을 넘어섰을 뿐이다.

그나마 편지들이 여전히 답지하고 있으니, 불행 중 다행이랄까.

기꺼이 의무를 다하려는 선량한 프랑스인들이 아직 남아 있군.

1943년 9월 21일 아침.

이번엔 편지가 아니라, 전화가 걸려온다.

어떤 젊은 여자의 목소리…

유대계 독일 여자가 있어요, 그 목소리가 말한다.

빌프랑시-쉬르-메르로 가보세요…

….

에르미타쥬라고 부르는 저택이죠.

에르미…뭐라고요?

에르미타쥬.

아, 네, 좋아요, 알아들었어요.

---

37 Lucien Guitry : 19세기 말에서 20세기 초에 활약한 프랑스 배우. 아들 사샤 또한 극작가·
   배우·영화작가로 잘 알려져 있다. _ 옮긴이
38 Arletty : 선이 굵고 화려한 연기 및 예민한 감각을 과시했던 프랑스 여배우. 2차 세계대전
   을 전후해서 탁월한 연기를 보여주었다. 본명은 레오니 바티아(Léonie Bathiat) _ 옮긴이

그럼 됐어요.

좋은 하루가 되길 바랍니다. 다시 감사 드려요.

천만에요, 대단한 일도 아니죠, 뭐.

숱하게 많은 밀고 가운데 하나.

그래, 바로 그거다.

딱히 이유도 없는 밀고.

혹은 그럴 만한 이유가 있는 건가?

하지만 도대체 무슨 이유?

샬로테와 알렉잔더는 어느 누구도 귀찮게 굴지 않는데?

두 사람은 은둔자의 삶을 살고 있다.

누군가가 이 저택을 되찾고 싶은 걸까?

아니, 그건 말도 안 된다.

에르미타쥬를 소유했던 사람은 아무도 없다.

그렇다면 뭘까?

도무지 이유가 없지 않은가.

사람들이 기묘하게 부르는 바로 그것, 동기 없는 행위다.

모리디스의 딸 키카가 그들이 잡혀가던 광경을 떠올린다.

그 일이 있은 지 70년이 흐른 다음에.

아버지가 자신에게 해줬던 이야기를 내게 들려준다.

갑자기 그녀의 남편이 대화에 끼어든다.

누가 샬로테 잘로몬을 밀고했는지 아는 사람들도 있다고 한다.

나는 깜짝 놀라 어안이 벙벙해진다.

내가 그를 다그치자, 그는 좀 더 자세히 말해준다.

돌아다니는 말이 그렇다고 한다.

시내에서, 마을 안에서.

늘 그런 식이다.

나는 그런 얘기를 예상하지 않았다.

어떻게 생각해야 할지 알 수가 없다.

그들이 있던 곳을 밀고한 건 어떤 할머니라고 꼬집어 말한다.

결국 그 어떤 것도 확실치 않다.

그 노파는 이젠 사실 의식도 분명치 않다.

아마도 이야기를 지어냈는지도 모른다.

나는 그 말을 믿을 수 없다.

어떤 사람이 그런 일을 지어낼 수 있단 말인가?

빌프랑시-쉬르-메르에는 알고 있는 사람들이 있다.

그토록 오랜 세월이 지났지만, 그들은 여전히 쑥덕거린다.

그 일의 장본인들은 몇 년 동안 이곳에서 살아왔다.

다른 곳 어디서든지 살아왔던 것처럼.

일러바친 일이 소멸되어 없어지진 않는다.

하지만 그 기억은 사라지고 만다.

지금 이 순간에도 각자 알고 있는 것을 내색해선 안 된다.

그때 이후로 난 자주 그걸 생각한다.

그 문제를 좀 더 깊이 추적해야 했었던 걸까?

두 사람을 밀고했던 이의 자손들을 찾아봤어야 했던 걸까?

하지만 무슨 목적으로?

그게 정말 그토록 중요한 일일까?

08

해질 무렵 트럭이 빌프랑시-쉬르-메르에 들이닥친다.

그리고 마을 한가운데, 약국 앞에 멈춰 선다.

두 명의 독일인이 트럭에서 내려 탐문을 시작한다.

사람들은 상냥하게 길을 가르쳐준다.

그 같은 친절에 흡족해서 그들은 고맙다는 말과 함께 떠난다.

밀고했던 사람은 주소를 정확하게 알려주지 않았던 걸까?

저들이 찾고 있다는 걸 샬로테에게 빨리 알려주려는 조치였을까?

그는 무서웠을까, 아니면 독일에 협력한 걸까?

자, 샬로테는 이미 여러 해 동안 여기 살아왔다.

그녀를 모르는 사람은 없다.

헌데 그 여자의 머릿속에 무슨 생각이 오갔을까?

이랬거나 저랬거나 이 아가씨는 좀 유별나잖아.

말도 별로 하지 않고.

무슨 생각을 하는지 알 도리가 없거든.

암, 정말로 알 수 없지.

약간 심문을 해본다고 해서 나쁠 거야 있겠어?

최악의 경우 어딘가로 그녀를 데려가겠지, 뭐.

트럭은 헤드라이트를 다 끄고 소리 없이 멈추어 선다.

두 사람이 정원의 양쪽으로 침입한다.

바로 그 때 샬로테가 집에서 나온다.

그녀는 바로 코앞의 군인들과 맞닥뜨린다.

그들이 달려들어 그녀의 두 팔을 꽉 붙잡는다.

샬로테는 있는 힘을 다해 비명을 지른다.

발버둥 치면서 달아나려고 안간힘을 쓴다.

한 병사가 그녀의 머리칼을 거칠게 잡아당긴다.

그리곤 그녀의 배를 한 대 쥐어박는다.

샬로테는 자신이 임신 중이라면서 애처롭게 빌어본다.

제발, 절 보내주세요!

하지만 군인들에겐 씨알도 먹히지 않는다.

군인들이 샬로테를 제압하려는데, 이번엔 알렉잔더가 나온다.

그는 사이에 끼어들어 샬로테를 빼앗아 오고 싶다.

그러나 총구가 머리를 겨누고 있으니 어쩌겠는가?

그는 위협을 느끼며 몇 발짝 물러나 벽에 등을 댄다.

그들은 소지품 몇 가지만 갖고 오라고 샬로테에게 설명한다.

고개를 숙인 채 그녀는 응답하지 않는다.

한 병사가 그녀를 집 안으로 밀어붙인다.

도무지 발걸음을 뗄 수 없는 그녀는 잔디에 주저앉는다.

저들은 다시 거칠게 그녀를 일으켜 세운다.

알렉잔더는 반항해보려 하지만 총부리가 빈틈없이 겨누고 있다.

그는 깨닫는다, 이놈들, 아내를 데려가겠구나, 내 아내를.

그래, 아내 혼자만 끌고 갈 거야.

저놈들은 나에겐 전혀 관심이 없거든.

밀고의 대상은 오직 샬로테뿐이니까.

안 돼, 그럴 순 없지.

우리 아이와 함께 샬로테 혼자만 가게 내버려둘 순 없어.

안 돼.

그는 병사 한 명을 똑바로 쳐다보면서 외친다.

나도 잡아 가야 돼, 난 유대인이야!

샬로테와 알렉잔더는 2층으로 올라간다.

약간의 옷가지를 가져가야만 한다.

샬로테는 책을 한 권 가져가려 하지만, 저들이 가로막는다.

의복과 담요 한 장밖에 안 돼, 빨리 서두르라고!

몇 분 후, 그들은 트럭 뒷좌석에 앉아 있다.

차는 밤의 한가운데로 사라진다.

브루너는 아주 흐뭇해 할 것이다.

09

두 사람과 함께 잡혀 들어온 유대인들은 호텔 안뜰로 내몰린다.

더할 나위 없이 끔찍한 소문들이 돌아다닌다.

여기저기 비명이 들리고, 총소리도 여러 차례 들린다.

브루너는 자기 방 바로 옆에 고문실을 설치한다.

이제 한밤중에 일어나 유대인을 비웃어주러 갈 수도 있다.

창문을 통해 잡혀온 유대인들이 보인다.

그는 기쁨에 넘쳐 공포와 절망의 모습을 유심히 살핀다.

동시에 저들을 안심시키기 위해 만전을 기해야 함도 잘 안다.

저들을 말썽 없이 이송시키느냐 마느냐는 거기에 달려 있으니까.

누구든 우리 계획의 결말을 미리 알게 하면 안 돼.

극도의 흥분이나, 절망으로 인한 만용蠻勇의 행위를 막으려면.

브루너는 몸소 그들을 찾아 말을 건다.

가능한 한 상냥한 목소리로.

그러나 피도 눈물도 없는 살육에 앞서 울부짖는 바로 그 목소리.

나도 고분고분하지 않는 자들에게 짜증이 난다는 점은 인정하오.

하지만 그들에게도 악의는 없어요.

모두가 조금씩 힘을 합치면, 만사가 잘 될 겁니다.

그는 폴란드에 세워질 유대인들의 나라를 언급한다.

여러분들의 돈에 대해서는 우리가 영수증을 발급해줍니다.

그 돈은 여러분에게 고스란히 반환될 것입니다.

크라쿠프 광역공동체가 여러분들의 입주에 만전을 기할 겁니다.
여러분 모두 각자의 취향에 맞는 일자리를 찾게 될 거구요.
누가 그런 말을 정말 믿겠는가?
누가 알아, 다들 믿고 있을지.
샬로테의 아버지도 어쨌거나 수용소에서 돌아왔잖아.
샬로테 자신도 귀르에서 풀려나 자유의 몸이 되었고.
희망을 놓지 않고 보듬어야 해.

5일째 되는 날 아침, 그들은 떠나야 한다.
역까지 걸어가자, 기차 한 대가 그들을 기다린다.
프랑스 경찰이 독일군을 도와 수송에 신경을 써준다.
몇 백 명을 호송해야 하는 일이 아닌가.
일단 그들이 객차 안으로 들어가자, 아무 일도 일어나지 않는다.
여기 이렇게 놔둘 거면, 왜 이들을 열차 안에 몰아넣었담?
저들은 브루너의 지시를 기다리고 있는 거다.
어쩜 그는 단순히 자신의 즐거움을 연장시키고 있는지 모른다.
한 사람 한 사람 숨이 차면서 갈증을 느끼기 시작한다.
알렉잔더는 아내가 아기를 밴 몸이라고 말한다.
그러자 사람들이 그녀에게 작은 틈이라도 내주려고 애쓴다.
무릎에다 얼굴을 묻고 앉기라도 할 수 있도록.
어느 누구도 들을 순 없지만, 그녀는 혼잣말처럼 노래한다.
어렸을 적에 들었던 독일 자장가.
마침내 기차가 움직이면서 한 줄기 바람이 들어온다.

10

1943년 9월 27일, 드랑시 도착.
그들은 곧장 알렉잔더와 샬로테를 떼어놓는다.
여기는 잠시 머물다 떠날 수용소.
죽음을 기다리는 대합실.

11

10월 7일 새벽 4시 30분, 떠날 준비를 마쳐야 한다.
강제 수용된 유대인은 모두 짐에다 이름을 써 붙여야 한다.
장차 가족들과 함께할 거처에 대한 환상은 여전하다.
공황상태를 악화시키지 않으려고 식구들은 함께 있게 해준다.
샬로테는 마침내 남편을 만나지만, 그는 이미 너무 쇠약하다.

플랫폼에서 샬로테는 어떤 사람들을 눈여겨본다.
마치 결혼식에 가는 것처럼 차려입은 사람들이다.
그들은 우아하고 손에 여행가방을 든 채 꼿꼿이 서 있다.
여자가 지나가면 잠깐 벗을 법한 모자를 쓰고 있다.
히스테리의 양상이라곤 조금도 보이지 않는다.
쇠락의 상황에서 보여주는 하나의 예의범절.

내면의 황폐함을 절대로 적에게 보이지 말 것.
괴로움에 일그러진 얼굴이라는 즐거움을 제공하지 말 것.

호송 열차 60호.
40명을 수용할 수 있는 객차에다 70명을 짐짝처럼 싣는다.
모든 소지품도 함께, 물론이지.
객차에는 보호시설에서 붙잡혀온 정신병자와 노인들도 있다.
그들을 보고 누가 강제노동수용소 행을 믿겠는가?
미치광이며 골골하는 노인들을 뭣 땜에 데려간단 말인가?
그건 세세한 일이지만 삼척동자라도 알 수 있다.
어떤 젊은 남자가 말한다, 우릴 죽일 거야, 달아나야 돼.
그러면서 도망갈 궁리를 하면서 판자를 부숴버릴 기세다.
몇몇 사람들이 그를 덮쳐서 그렇게 하지 못하게 만든다.
이 점에 관한 한 독일군들은 명백하게 말하지 않았던가.
단 한 명이라도 없어진 게 발각되면, 객차 전체를 몰살시키겠다고.

시간은 느릿느릿 흘러간다.
아니, 사실을 말하자면, 시간은 흘러가지 않는다.
기이하게도 여기저기서 희망의 섬광이 번득인다.
참으로 희귀하고 짧은 순간들.
샬로테는 가족을 다시 만날 거라고 스스로에게 다짐한다.
어쩌면 거기엔 알프렛도 이미 와 있을지 몰라.
내가 결혼해서 아기까지 뱄다는 걸 알면 그는 뭐라고 할까?

그래도 가장 그리운 건 아버지라는 사실이 스스로도 놀랍다.

그 오랜 세월 동안 단 한 마디 소식도 듣지 못했는데.

알렉잔더는 이제 더 이상 그녀를 달래줄 수 없다.

그 사람은 시시각각 무너져 내리고 있다.

궤양이 그의 위를 갉아먹고 있는 것이다.

이제 그는 거의 투명한 것처럼 보인다.

더러 이런 목소리도 들린다, 건강이 나쁘면 안 돼.

도착하게 되면 꼿꼿이 서 있어야 해.

얼굴에 화색이 돌게 만들어야 한다구.

강제노동수용소에선 꼿꼿한 사람들만 받아들일 거야.

하지만 이런 지경으로 사흘을 견디고, 무슨 수로 꼿꼿하겠는가?

샬로테와 알렉잔더는 힘자라는 데까지 서로를 부축한다.

열차가 설 때마다 그는 아내가 마실 물을 찾아 무진 애를 쓴다.

그녀는 행여나 뱃속의 아기가 죽을까봐 무섭기 짝이 없다.

이제 더 이상 태아의 움직임을 느낄 수 없게 돼버린다.

그러다가 갑자기 모습을 드러내곤 한다.

이 아이조차 힘을 비축하고 있는 것 같다.

마치 삶을 시작하면서부터 생존을 배우는 것처럼.

12

열차는 마침내 목적지에 다다른다.

밤은 검고 싸늘하다.

출발할 때처럼 객차는 굳게 닫힌 채로 있다.

왜 문을 열지 않는 걸까?

왜 숨이라도 좀 쉴 수 있게 해주지 않는 걸까?

날이 밝기를 기다려야 한다.

기다림은 두 시간이 넘게 계속된다.

이윽고 추방된 자들이 하나씩 열차에서 내려온다.

초췌하고, 기진맥진하고, 굶주린 채로.

미명未明의 안개 때문에 수용소를 알아볼 수 없다.

짖어대는 개조차도 보이지 않는다.

다만 출입문 창살 위에 붙은 글이 눈에 들어올 뿐이다.

Arbeit Macht Frei.

노동은 인간을 자유롭게 만든다.

이제 일렬로 서야 한다.

샬로테와 알렉잔더는 알고 있다, 다시 헤어져야 한다는 걸.

둘은 함께 있는 마지막 순간들을 보듬는다.

이제 곧 그들이 어느 그룹으로 들어가야 할지 말해주겠지.

욤 키푸르[39]가 되면 그 축제를 기념이라도 하듯

보통 때보다 더 많은 유대인들을 가스실로 보내는 나치들.

그래서인가, 막사 안에는 텅 빈 곳이 많이 보인다.

그런데 이들의 열차는 욤 키푸르 직후에 도착하기 때문에

임박한 죽음의 어떤 일부는 유예猶豫될 것이다.

행렬은 천천히 앞으로 나아간다.

무슨 말을 해야 할까?

어떻게 대답을 해야 가장 좋을까?

샬로테는 이 모든 게 착오라고 설명하고 싶다.

난 유대인이 아니에요.

누가 봐도 그녀는 유대인으로 보이지 않는다.

그뿐인가, 임신 5개월의 몸이지 않은가.

진료소로 가서 휴식을 취해야 할 사람이다.

하지만 저들이 그렇게 놔둘 리가 없지.

이제 샬로테의 차례다.

끝내 그녀는 아무 말도 하지 않는다.

한 사내가 그녀를 쳐다보지도 않은 채 묻는다.

이름과 성을 대!

생년월일은?

---

39 Yom Kippur : 유대 달력으로 새해의 열 번째 되는 날로서, '속죄의 날'이라는 뜻을 지닌 유대교 최대의 명절 _ 옮긴이

그 다음 무슨 일을 하느냐고 묻는다.
그녀는 답한다; 화가요.

그제야 사내는 샬로테를 올려다본다, 경멸의 눈길로.

무슨 말이야, 화가라고?

그림을 그려요, 그녀가 말한다.

그녀를 뚫어지게 보더니, 마침내 임신한 몸이라는 걸 깨닫는다.
사내가 묻는다, 아이가 태어나길 기다리는군.
샬로테는 머리를 끄덕인다.
사내는 친절하지도 불쾌하지도 않다.
따분한 표정으로 들은 내용을 기재할 뿐이다.
그러곤 서류에다 요란하게 스탬프를 찍는다.
이어서 샬로테가 합류해야 할 그룹을 가리킨다.
주로는 여자들로 이루어진 그룹이다.
샬로테는 가방을 끌고 천천히 걸어간다.
알렉잔더 쪽으로 자꾸만 시선을 던지면서.

이제 알렉잔더의 차례가 된다.
질문과 대답은 더 빨리 끝난다.
그는 아내가 속한 그룹의 반대편에 있던 무리로 다가간다.

걸어가면서 눈길로 아내를 찾아보는 알렉잔더.
샬로테를 보는 순간, 그는 손으로 작은 사인을 보낸다.
그리고 몇 미터 더 걸어가자, 안개가 그의 모습을 삼켜버린다.
샬로테는 그를 잃고 만다.

그리곤 3개월이 채 안 되어, 알렉잔더는 쇠약해 죽게 된다.

13

건물 위에 쓰인 글이 보인다, 모두 샤워를 할 것.
샤워실로 들어가기 전, 한 사람 한 사람 옷을 벗는다.
입었던 옷가지들은 고리에다 걸어놓아야 한다.
여자 간수 한 명이 고함을 지른다.
모두 다 자기 옷걸이 번호를 잘 기억해둬!
여자들은 이 마지막 숫자를 기억해둔다.
그리고는 거대한 방 안으로 들어간다.
서로 손을 꼭 잡는 여자들도 있다.
모든 문들이 자물쇠로 꽁꽁 잠긴다, 마치 감옥처럼.

얼어붙은 한 조각 불빛 아래 발가벗은 몸들이 드러난다.
배가 불러온 샬로테의 모습이 두드러진다.

다른 여자들에 둘러싸인 그녀는 꼼짝도 않는다.

그녀는 이 순간으로부터 스스로 빠져나가는 것 같다.

거기에 있기 위해서.

에필로그

01

1943년 5월, 파울라와 알베어트는 네덜란드에서 체포된다.
두 사람은 베스터보크 수용소에서 간호보조사로 목숨을 부지한다.
알베어트는 유대 여자들에게 불임시술을 하라는 명령을 받는다.
특히 다른 인종 간의 결혼에서 태어난 유대 여자들에게.
그는 단호히 거절했다가, 나중에 마음을 바꾼다.
그는 조수인 아내와 함께 암스테르담을 다녀와야 한다고 말한다.
수술용 도구들을 가져와야 한다는 명목으로.
두 사람은 이 기회를 이용해서
전쟁이 끝날 때까지 숨어버린다.

평화가 돌아오자 그들은 샬로테의 소식을 백방으로 수소문한다.
몇 달간 확실한 소식을 못 듣다가 결국 딸의 죽음을 알게 된다.
엄청난 충격을 받은 두 사람은 죄책감에 빠진다.

절대로 샬로테를 프랑스로 보내는 게 아니었는데!

1947년 그들은 딸의 발자취를 찾아 떠나기로 한다.
샬로테의 마지막 몇 년 동안의 삶을 알아내기 위해서.
그리고는 그때 막 에르미타쥬로 돌아온 오틸리 무어를 만난다.
이 미국 여인이 샬로테와의 추억을 모두 이야기해준다.
모든 사건들이 어떻게 전개되었는지를.
할머니의 자살.
샬로테에게 가해진 할아버지의 폭력.
그리고 알렉잔더와의 결혼.
요리사 비토리아 역시 자리를 함께해 그때를 얘기해준다.
결혼식을 위해 음식을 준비했던 바로 그 여자다.
그녀는 그날 만들었던 음식을 정확히 설명해준다.
그날의 멋진 파티 분위기와 함께.
샬로테는 행복해 보이던가요? 아버지가 묻는다.
네, 행복했다고 기억해요, 비토리아가 답한다.
이 때까진 아무도 샬로테가 임신 중이었음을 감히 알리지 못한다.
두 사람이 그걸 알게 된 것은 한참 뒤의 일이다.

또 한 사람의 중요한 증인이 자리를 같이 한다.
바로 모리디스 박사다.
샬로테의 부모를 만난다는 생각에 감정이 몹시 북받친 모습.
그는 샬로테와 함께했던 경이로운 순간들을 얘기해준다.

하지만 그녀의 정신 건강을 우려했던 일은 떠올리지 않는다.
왕진 왔다가 그녀의 정신이상을 의심했던 일도 묻어둔다.
그는 덧붙인다, 따님에겐 정말이지 경탄할 수밖에 없었습니다.
그의 목소리는 격한 감정으로 떨린다.

몇 달 전에 그는 샬로테의 가방을 오틸리에게 돌려주었다.
이제 오틸리는 그 가방을 가져오기 위해 자리를 뜬다.
모리디스는 샬로테가 했던 말을 반복한다, 이게 제 삶의 전부예요.
한 작품의 형태로 남은 어떤 삶.
그렇게 알베어트와 파울라는 *삶인가? 아니면 연극인가?*를 발견한다.
그 충격은 이루 형언할 길이 없다.

두 사람은 어린 딸의 목소리를 듣는다.
딸은 바로 거기 있다, 그들과 함께.
여러 해 동안 잃어버렸던 우리의 로테!
바로 그 딸 덕분에 온갖 추억이 다시 숨 쉬며 살아난다.
이것은 우리 삶의 전부야, 우리한테도 말이야!
여러 시간을 두고 두 사람은 샬로테의 그림들을 들여다본다.
두 사람은 그림의 등장인물로 변했다.
그래, 이건 우리 모두 삶을 살았다는 훌륭한 증거야!

02

두 사람은 이제 그들의 새 고향이 된 암스테르담으로 돌아온다.

오틸리는 오랜 망설임 끝에 샬로테의 작품을 그들에게 인도했다.

그들은 여러 날을 두고 저녁 내내 그림들을 찬찬히 뜯어본다.

더러는 그들에게 웃음을 선사하고, 더러는 불쾌하게 만든다.

이것이 샬로테의 진실이다.

예술로 표현한 진실.

딸이 생각했던 이 모든 것, 그들은 상상조차 할 수 없었다.

하물며 알프렛을 향한 딸의 엄청난 사랑은 말할 나위도 없고.

후일 파울라는 그것이 하나의 환상에 지나지 않는다고 말한다.

그러니까 딸이 알프렛을 세 번 이상은 만날 수 없었다는 얘기다.

두 사람이 남몰래 만날 수 있었음을 파울라는 못 믿는 것 같다.

샬로테가 품은 계획의 아름다움은 바로 이런 데 있다.

삶은 어디에 있는가?

연극은 어디에 있는가?

어느 누가 진실을 알 수 있단 말인가?

그리고 그렇게 여러 해가 흐른다.

네덜란드에서 파울라는 예술계 친구들을 다시 만난다.

다시 노래를 부르게 되고, 삶을 되찾는다.

그들은 때때로 샬로테의 그림을 손님들에게 보여준다.
그들의 반응은 언제나 경탄과 감동이다.
어떤 미술애호가가 제안한다, 전시회를 주선해야겠어요!
아니, 왜 지금까지 전시회 생각을 한 번도 안 했지요?
정말 훌륭한 경의의 표시가 될 텐데 말입니다!

전시회는 시간을 요하는 일이고, 카탈로그도 준비해야 한다.
샬로테의 작품들은 1961년에 마침내 세상에 알려진다.

전시회는 상당히 성황리에 이루어진다.
정서적인 측면에서뿐 아니라, 그 독창성으로도 눈길을 끈다.
형식에 있어서의 완벽한 창의성으로.
그리고 시선을 잡아끄는 뜨거운 색채로.
샬로테의 명성은 재빨리 여러 국경을 넘어 퍼진다.
이후 몇 년 동안 수많은 전시회가 개최된다.
유럽은 말할 것도 없고 미국에서까지.
*삶인가? 아니면 연극인가?*는 책으로도 나오게 된다.
여러 언어로 번역되기도 한다.
파울라와 알베어트는 텔레비전에 나와 인터뷰를 한다.
카메라 앞에서 거북해 하면서도 너무나 감동적인 모습이다.
그들은 샬로테의 삶을 이야기한다.
그들의 말에 의해서 샬로테는 생생하게 살아 있다.
일단의 기자들이 프랑스 남부를 향해 떠난다.

마르뜨 페셰를 위시한 몇몇 증인들이 입을 연다.
샬로테가 떠난 지도 이십 년이 넘었건만
그녀에 관한 질문에 놀라는 사람은 아무도 없는 것 같다.
언젠가 그녀가 유명해지리란 것을 다들 알고 있었던 것처럼.

그러나 이 작품이 누려야 마땅한 명성은 그리 오래 가지 않는다.
샬로테 회고전은 조금씩 뜸해진다.
그리고는 드물어진다, 너무나, 부당할 정도로 희귀해진다.

연로한 파울라와 알베어트는 더 이상 딸의 유산을 돌볼 수 없다.
1971년 그들은 암스테르담의 유대인박물관에 그것을 기증하기로 한다.
이 컬렉션은 여전히 그곳에 있다, 상설 전시되는 법도 없이.
지하실에 보존돼 있는 시간이 대부분이다,
1976년 알베어트는 숨을 거둔다.
그리고 오랜 시간이 흐르고 난 2000년, 파울라도 뒤를 따른다.
두 사람은 모두 암스테르담의 한 공동묘지에 잠들어 있다.

03

알프렛, 그는 어떻게 되었을까?

자신이 가르치는 한 학생의 도움으로 그는 탈출에 성공했다.
그렇게 1940년 런던에 도착한 그는 마지막까지 거기서 살게 된다.

전후戰後 그는 새로이 학생들을 가르친다.
오래지 않아 그의 교수법은 혁혁한 성공을 거둔다.
사람들은 그를 존경하고 경청하며, 그의 존재는 더욱 두드러진다.
동시에 그는 소설을 써서 출간하기도 한다.
마침내 여러 가지 공포를 극복한 그는 1950년대를 풍미한다.
살아있는 자들 가운데 죽은 존재라는 느낌은 더 이상 없다.
그에게 과거는 멀다, 아니, 어쩌면 존재하지 않는 것 같다.
그리고 독일에 관해서라면 이젠 아예 귀를 닫아버리고 싶다.

파울라는 알프렛을 아는 친구 덕택에 그의 발자취를 찾아낸다.
그리고 그에게 장문의 다정한 편지를 써 보낸다.
그토록 오랜 세월 후의 편지라니, 얼마나 놀라운 일인가!
알프렛은 답신에서 그녀에게 다시 노래를 부르라고 간청한다.
그리고 그녀야말로 최고의 가수라고 되풀이한다.
그러나 그는 샬로테에 대해서 전혀 언급하지 않는다.
그녀에게 최악의 일이 생겼을지 모른다는 근심 때문이다.

그로부터 몇 달 후 그는 다시 한 장의 편지를 받는다.
아니, 사실 그가 받은 건 편지가 아니다.
그건 샬로테 전시회의 카탈로그다.

거기엔 그녀의 약력을 알려주는 팸플릿도 첨부돼 있다.

확실치는 않지만 맘으로 알고 있었던 사실이 그렇게 확인된다.

샬로테 잘로몬, 1943년 사망.

알프렛은 책자를 한 장씩 넘겨보기 시작한다.

그리고는 작품의 자서전적 의미를 재빨리 알아챈다.

샬로테의 어린 시절, 그녀의 어머니, 천사 등이 그림으로 살아난다.

그리고… 파울라가 등장한다.

그리고 그 다음…

알프렛은 느닷없이 자신의 모습을 발견한다.

한 장의 그림.

두 장의 그림.

백 장의 그림.

책자 구석구석 어디에서나 자신의 얼굴을 만난다.

자신의 얼굴, 그리고 자신이 했던 말들을.

자신의 온갖 이론들을.

그녀와 나누었던 온갖 대화를.

자신이 그처럼 영향을 끼쳤으리라고는 상상조차 못 했는데.

샬로테는 그에게, 그의 이야기에 홀려 있었던 것 같다,

알프렛은 온몸이 불타오르는 듯한 느낌이다.

마치 무언가가 자신의 목덜미를 그러잡은 것처럼.

그는 소파 위에 드러눕는다.

그렇게 엎드린 채로 며칠이 흘러간다.

일 년 뒤인 1962년 알프렛은 세상을 떠난다.
온전히 옷을 갖춰 입은 채 침대에 누운 시체로 발견된다.
마치 여행을 떠나려는 사람의 모습이다.
그는 약속시간을 알고 있는 것처럼 보인다.
그래서인지 그는 얌전한 기색을 띠고 있다.
그리고 그에겐 드문 일이지만, 일종의 평온함까지도.
그를 발견한 여자가 손으로 그의 옷을 쓰다듬는다.
호주머니 참에 무슨 서류가 들어 있음을 느낀다.
상의 안주머니, 그의 가슴 가까이에.
여자는 천천히 종이뭉치를 자기 쪽으로 끄집어낸다.
그리고 들여다보니 어떤 전시회 카탈로그다.

어느 화가의 전시회… 그리고 그 화가의 이름은…

샬로테 잘로몬.

역자 권 기 대

우리와는 다른 문화, 다른 언어에서 태어난 콘텐트를 한글로 재탄생시키는 창의적 작업에 몰두하고 있는 번역가. 그가 우리말로 옮기고 있는 언어는 영어 /불어 /독어로서 국내에서는 그 같은 예를 다시 찾아볼 수 없다. 서울대학교 경제학과를 졸업한 후 미국의 모건은행에서 비즈니스 커리어를 시작했으나, 오래지않아 금융계를 등지고 거의 30년간 미국, 호주, 인도네시아, 프랑스, 독일, 홍콩 등을 편력하며 서양문화를 흡수하고 동양문화를 반추했다. 젊은 시절의 대부분을 보낸 홍콩에서는 다양한 매체의 영화평론가로 활약했고, 예술영화 배급에 종사하기도 했다. 그가 번역한 영어 서적으로는 베스트셀러『덩샤오핑 평전』(황금가지, 2004), 부커상 수상 소설『화이트 타이거』(베가북스, 2008) 한국학술원 우수도서로 선정된『부와 빈곤의 역사』(나남출판, 2008)를 위시하여『살아있는 신』(베가북스 2010),『헨리 키신저의 중국이야기』(민음사, 2012),『다시 살고 싶어』(베가북스 2014),『아이는 어떻게 성공하는가』(베가북스 2013) 등이 있고, 불어 도서로는 앙드레 지드의 장편소설『코리동』(베가북스, 2008)을 들 수 있으며, 독일어 서적으로는 페터 한트케의『돈 후안』(베가북스, 2005)과『신비주의자가 신발끈을 묶는 방법』(미토, 2005) 등이 출간되었다. 어린이를 위한 그림책도『괜찮아 그래도 넌 소중해』『내 친구 폴리 세계평화를 이룩하다』『병아리 100마리 대소동』『달님이 성큼 내려와』등 다수를 번역하였다.

샬로테(CHARLOTTE)

초판 인쇄 2016년 2월 18일
초판 발행 2016년 2월 22일

지은이 다비드 포앙키노스
옮긴이 권기대

펴낸이 권기대
펴낸곳 도서출판 베가북스

총괄이사 배혜진
편 집 김찬현
디자인 김혜연
마케팅 이상화, 이고은

출판등록 제313-2004-000221호

주소 (150-103) 서울시 영등포구 양산로3길 9, 201호 (양평동 3가)
주문 및 문의 02)322-7241 **팩스** 02)322-7242

ISBN 979-11-86137-22-2

＊ 책값은 뒤표지에 있습니다.
＊ 좋은 책을 만드는 것은 바로 독자 여러분입니다. 베가북스는 독자 의견에 항상
귀를 기울입니다. 베가북스의 문은 항상 열려 있습니다.
원고 투고 또는 문의사항은 vega7241@naver.com으로 보내주시기 바랍니다.

홈페이지 www.vegabooks.co.kr
블로그 http://blog.naver.com/vegabooks.do
트위터 @VegaBooksCo **이메일** vegabooks@naver.com